뜸들이다

뜸 들 이 다

ARKO
문학나눔
2021

이정자 에세이

인문MnB

책을 내며

어머니가 요양병원에 입원하신 지 석 달이 지났습니다.
비어 있는 강원도 어머니 집에 도둑이 들었다고
고향 이웃이 전화를 해주었습니다.
부랴부랴 고향에 내려가 경찰에 신고했습니다.
경찰이 와서 없어진 귀중품이 어떤 것이냐고 물었습니다.
그런데
나는 알 수가 없었습니다.
어머니가 소중하게 생각하시던 물건이 무엇인지
어머니는 말씀하신 적이 없었고
나 또한 살피지 않았기 때문입니다.
어딘가에 깊숙이 넣어두었던 보석 한 두 점은 있었겠지요.

어떤 분들은
보잘것없는 글을 왜 책으로 내느냐고 묻기도 합니다.
나에게 내 글은 소중한 것이라 생각하기로 했습니다.

내가 생각했던, 내가 느꼈던 기쁨과 슬픔이니까요.
그냥 사라진 어머니의 보석처럼 되지 말자고
두서없이 책을 묶습니다.

둘째 손자의 이름을 하루빨리 책머리에 넣고 싶었는데
손자가 벌써 두 돌이 되었습니다.
늘 묵묵히 지켜준 남편과 민호, 나연, 민아, 경윤, 시언, 세인.
사랑합니다.
어머님과 형제자매들 감사합니다.
아침문학회 교수님과 문우님들 고맙습니다.
뜸사랑 모든 선생님들 고맙습니다.
광덕초등학교, 사내중학교 동창 친구들 고맙습니다.
책을 예쁘게 묶어 주신 인문엠앤비 이노나 대표님 감사합니다.

2021년 5월

이 정 자

차례

제2부

제3부

제4부

제1부

뜸들이다

머리 손질을 하기 위해 미장원에 갔다. 머리를 자르고 다듬고 미용
사가 드라이기를 사용해 말려주었다. 순식간에 예쁜 모양의 머리가
되었다. 나는 그녀가 하는 것을 유심히 보면서 물었다. 나도 미용실
용 비싼 드라이기를 사서 쓰고 있는데 왜 내가 하면 이렇게 예쁘게
안 되고 고정도 잘 안 되는지를……. 미용사가 웃으며 말했다.

"뜸을 들이지 않아서 그래요."

나는 화들짝 놀랐다. 머리 손질을 할 때 뜸 들이는 게 필요하다는
말은 처음 들어보았기 때문이다. 머리카락을 동그랗게 모양 만들어

둥근 롤 빗에 감은 상태에서 드라이기로 처음엔 세고 뜨거운 바람을 주고 그다음엔 약한 세기의 따끈한 기온으로 한참 있어야 한단다. 그런데 일반 사람들은 머리카락에 뜸 들인다는 개념이 없으니 그저 뜨거운 기운만 사용한다는 것이다. 그날 이후 나는 머리를 만질 때마다 뜸 들이는 상태를 해 보려고 하지만 성질이 급해서인지 기다리지를 못하고 금방 끝내게 된다. 그래서 머리 만지는 실력은 제자리걸음이다. 알고도 못하니 답답하다. 이래저래 나는 손재주가 없구나 생각한다.

"너는 참 누룽지를 잘 만드는구나."

친정어머니가 유일하게 칭찬하는 것이 내가 냄비 밥을 하고 누룽지를 만들 때다. 이것은 어찌 보면 게을러서인지도 모른다. 밥물이 한 번 끓으면 불을 약하게 하고 냄비 뚜껑 위에 젖은 행주를 올려놓는다. 그래야 밥물이 흘러넘치지 않는다. 그리곤 세월아 네월아 그냥 놔둔다. 행동이 굼뜬 내가 다른 반찬을 한 가지를 하려면 시간이 걸리고 밥 올려놓은 것을 잊을 정도로 시간은 간다. 그것이 나중에 먹음직한 누룽지가 되는 것이다. 내가 누룽지를 잘 만드는 것은 게으름과 요리 솜씨 없음의 결과이다.

지인의 집에 갔는데 식탁 위에 탱글탱글 먹음직스런 묵이 있었다. 맛이 일품이었다. 맛있다고 했더니 지인은 그것을 만들 때 뜸을 잘 들였기 때문이라 했다. 묵을 쑬 때도 끓이다가 나중엔 약한 불에서 오랫동안 저어준 다음 뚜껑을 닫고 아주 약한 불에서 뜸들이는 시간을 넉넉히 주어야 한단다. 그것이 뜸들이는 과정인데 힘이 드니까 대부분의 사람들은 중도에 대강하고 그만둔단다. 어차피 묵은 된 것이니까. 그러나 지인은 인내심을 갖고 오랫동안 뜸을 들여야 탄력 있는 묵이 된다고 했다. 세상엔 이렇게 뜸 들이는 일이 많구나 싶었다.

뜸은 이렇게 요리에 쓰는 용어이기도 하지만 우리 선조들이 아플 때 쓰던 민간요법에도 뜸이 있다. 아픈 곳이나 경혈자리, 피부에 쑥으로 만든 아주 작은 뜸봉을 직접 올리고 불을 붙여 60도의 화상을 입히는 것이다. 당연히 뜨겁고 뜸자리가 피부에 남는다. 외모가 중요한 요즘 세상에 피부에 자리가 남는 뜸은 자취를 감추어가고 있다. 그 사라져가는 뜸 치료법을 우연히 고향 친구 덕분에 알게 되었다. 내가 걸음을 못 걸을 정도로 많이 아팠기 때문이었다.

그 인연으로 뜸을 배우고 뜸사랑 봉사를 오랫동안 다녔다. 뜸이라는 글자는 한자로 灸라고 쓰는데 오랠 구久자에 불 화火자를 쓴다. 불로 오랜 기간 치료하는 것이 뜸이라는 것이다. 나이 많은 침구사 할아버지가 산간벽지나 낙도에서 오는 환자들을 보고 그분들이 다시 찾아오기 힘든 사정을 알기에 뜸을 떠주기 시작했다고 한다. 한번 치료해도 피부에 뜸자리가 나니 그 자리를 가리키며 각자 시골이나 섬으로 돌아간 다음에도 그곳에 뜸을 뜨라고 말해주었단다. 그리고 잊고 지냈는데 세월이 흘러 사람들이 자꾸 뜸집을 찾아오기 시작했다. 뜸 해주는 집, 뜸집을 찾아서 사람들이 오기 시작했고 어떻게 왔나 물으면 우리 동네 누가 아파서 여기 왔었다, 할아버지가 뜸자리를 해주어 집에서 했더니 병이 나았다, 자신도 해달라고 하더란다. 그래서 그 할아버지의 이름이 뜸집이라는 뜻의 구당이 되었다.

이 세상에는 많은 치료법이 있다. 효과도 있으니까 존재한다고 생각한다. 그런데 뜸처럼 돈이 안 들면서 잘 듣는 치료법은 드물다는 것이 내 생각이다. 오천 원짜리 쑥을 사면 일 년을 쓴다. 친정어머니가 식도암 수술을 한 지 8년째. 매주마다 가서 어머니께 뜸을 떠 드렸다. 의사 선생님이 깜짝 놀랐다. 이렇게 회복하다니 참으로 놀랍다고 했다.

나는 지금도 일주일에 한 번씩 강원도 어머니께 간다. 어머니 몸에 뜸을 떠 드린다. 그리고 또 냄비 밥을 하면서 뜸을 들여 누룽지를 만든다. 찾아오는 사람 없는 산골은 적막하고 무료하다. 그러니 그냥 잠만 자기 일쑤다. 내가 너무 건조하게 살고 있지 않은가 할 때가 있다. 도시 사람들은 부지런히 열심히 살고 있을 텐데 나는 너무 안일하게 쉬고 있는 것만 같았다. 그러다가 생각한다. 나는 지금 내 인생에서 뜸 들이는 시간을 갖고 있는 거라고……. 행동이 굼뜨고 오래 기다려야 뜸은 들일 수 있다. 뜸이 제대로 들지 않은 밥은 맛이 없다. 내 삶이 뜸이 잘 든 밥처럼 맛있는 인생이 되었으면 싶다.

거리두기

지하철 환승을 위해 한참을 걸어 이동했다. 다음 지하철은 좀 기다려야 했다. 세 사람이 앉을 수 있는 벤치가 있었다. 중간에 거리두기라고 써 있어 일행이지만 멀찍이 떨어져 앉았다.

코로나바이러스 사태로 인해 유치원에 못 가는 손자를 몇 달 동안 봤었다. 코로나 사태가 조금 진정 국면이 되어 유치원은 개학했다. 이제 손자 보러 안 가도 되었다. 일주일 내내 손자를 곁에 두고 있었는데 못 보고 지내니 아이의 웃음, 아이의 체온이 문득문득 생각났다. 그렇게 아쉬워하고 있을 때 아들 내외에게서 다시 연락이 왔다.

손자가 자꾸 나를 찾는다고 했다. 왜 할머니가 안 오느냐고 자꾸 물었단다.

"할머니랑 같이 놀던 그때가 참 좋았나 봐요."

며늘아기가 해 준 그 말이 초등학교 시절 백일장에서 장원을 할 때처럼 기뻤다. 손자가 나를 그리워한다는 사실이 신나고 기쁘고 묘한 성취감을 주었다. 일주일에 하루만이라도 아이를 보러 오란다. 나는 신이 났다. 손자와 가까이에서 지낼 수 있다니 너무 기뻤다.

오후 시간, 유치원 버스에서 내리는 아이는 환하게 웃었다. 나는 아이를 부둥켜안았다. 아이의 온기가 내 가슴에 느껴졌다. 나는 아이의 유치원 가방을 받아들었고 아이는 친구와 같이 놀이터로 달려갔다. 나는 그 친구의 가방도 받아들었다. 두 아이는 신이 나서 놀았다. 미끄럼을 타고 계단을 오르내리고 그네를 탔다. 미처 따라가지 못해서 나는 놀이터 의자에 앉아 가방을 지키며 가만히 아이들을 바라보고 있었다. 아이들의 웃음소리와 재잘거림이 놀이터를 울리고 하늘로 퍼졌다. 저절로 미소가 지어졌다. 지칠 줄 모르고 아이들은 놀았다.

그러던 어느 날, 외따로 한참을 앉아만 있던 내가 아이들 놀이가 궁금해졌다. 나는 살며시 일어서 아이들에게 다가갔다. 손자가 친구를 향해서 말하고 있었다.

"대장! 우리 이제 다른 걸 만들어야 합니다."

다음 말은 들리지도 않았고 나는 갑자기 마음이 팍 상했다. 아니 내 손자가 부하이고 자그마한 저 친구 녀석이 대장이란 말인가? 나는 갑자기 아이들의 놀이에 끼어들었다.

"이제 역할을 바꾸어 보면 어때? 여태 네가 대장했으니까 이제 우리 ○○이가 대장하자!"

갑작스러운 나의 돌발 발언은 아이들이 하던 놀이의 산통을 깨버렸다. 신나게 놀이를 하던 아이들은 주춤하더니 이내 갑자기 끼어든 나로 인해 놀이의 흥미를 잃었다. 나는 곧 깨달았다. 내가 무슨 짓을 했는지를…….

거리두기를 했어야 했다. 즐겁게 놀고 있는 아이들을 가만히 지켜보고만 있어야 했다. 나의 손자가 부하로 역할 놀이를 하는 것이 뭐 어떤가. 아이들은 그러면서 큰다. 아이들은 만화영화에서 보고 동화책에서 본 역할들을 골고루 해 보면서 즐겁게 그들의 인생을 산다. 그 순간 그들은 행복하다. 그 순간의 행복을 깬 사람이 할머니인 나였다. 손자를 사랑하는 나의 이기심이 하늘을 찔렀다. 어린 동심을 찔렀다. 나는 두고두고 후회했다.

코로나 사태로 지켜야 할 규칙으로 거리두기가 곳곳에서 나온다. 거리두기는 생소한 말이라고 생각했는데 우리 사회생활 곳곳에 꼭 필요한 일임을 깨달았다. 새삼 다시 한 번 생각해 보게 되었다. 내 형제자매들과 나의 아들딸, 어머님, 그리고 친구와 이웃들과도 적당

한 거리두기를 하고 있는가. 그들에게 쓸데없이 깊이 관여하고 잔소리를 하고 있지는 않은가를 생각해 보게 되었다.

컴퓨터공학에서 사용되는 개념에 느슨한 결합이라는 것이 있단다. 상호작용하는 둘 이상의 조직 사이에서 한쪽의 어떤 행위가 다른 쪽에 영향을 덜 미치는 느슨한 상태의 결합을 의미한다. 어떤 일에 대해 너무나 정교하고 너무나 구체적이면 또 다른 가능성을 수용할 수 있는 여지가 적은 반면에 느슨한 상태에서는 많은 변수들을 유연하게 수용할 수 있기 때문에 다양성과 창의성이 나올 수 있다고 했다. 나는 손자와 느슨한 결합이어야 했다. 아이의 행복한 모습을 지켜만 보는.

보름 동안 병원에 입원해 있던 어머니는 퇴원해서 집에 오자 가방에 있던 돈이 없어졌다고 난리였다. 어머니가 직접 우체국에 가서 다 저금하고 가셨다고 아무리 이야기해도 믿지 못했다. 병원 가기 며칠 전 몹시 아팠을 때의 기억은 어머니께 없었다. 나에게 눈을 흘기며, 나를 도둑 취급하며 말하는데 내 마음의 상처가 몹시 컸다. 어머니께 너무 자주 왔었나 하는 후회까지 들었다.

마침 지인이 전화를 했기에 눈물로 내 서러움을 호소했더니 어머님이 나에게 정을 떼는 과정일 수도 있단다. 정을 떼는 과정이 없으면 돌아가신 후 남겨진 사람은 그리움과 불효에 대한 후회로 견딜 수가 없을 거란다.

어머니가 이제는 나에게 거리두기를 하는구나. 마음을 다스리며
위안을 삼았다.

첫째 그리고 동생

어머니가 몸이 안 좋아 누워 있었다. 동네 어르신들이 문병을 왔다.

"정자엄마! 괜찮아? 얼른 나아야지."

서로 귀가 어두운 그분들은 고함을 지르듯이 크게 말했다. 나는 새삼 깨달았다. 어머니가 정자엄마, 내 엄마라는 사실을⋯⋯. 동네 사람들은 다른 동생들의 이름으로 부르지 않는다. 내가 이렇게 손자가 있는 할머니가 되었어도 그분들에겐 우리 엄마의 이름은 정자엄마이다.

딸이 초등학생이었을 때 나도 남편을 아들 이름을 넣어서 ○○아빠로 불렀다. 딸이 왜 자신의 이름으로는 아빠를 부르지 않느냐고 항의를 했다. 남편도 나를 ○○엄마라고 아들 이름을 넣어서 불렀다. 딸은 둘째라 서럽다고 했다. 아차 싶었다. 그때부터는 첫째가 아닌 둘째의 이름으로 가족들의 호칭을 부르려고 애는 썼지만 한 번 든 습관은 무섭도록 고쳐지지 않았다.

나는 첫째로 태어났기에 동생들에게 양보하고 배려하느라 힘들었다고 항상 생각했다. 어디를 가려고 하면 동생들이 따라나서 귀찮았고 따돌리려고 무던히 애썼다. 동생이 다섯 명인 나는 늘 피곤했다.

식당에서 가족 모임 할 때였다. 8개월 된 둘째 손자 입가에 무언가가 묻어 있었다. 우유를 흘린 것도 같고 이유식을 묻힌 것도 같았다.

"언니! 애기 입 주변을 이 휴지로 닦아도 되나요?"

마침 식탁 위의 휴지를 손에 들고 있던 나의 딸이 아이 엄마인 며느리에게 물었다.

"네. 닦아도 돼요. 첫애 때는 휴지는 물론 물티슈도 안 썼어요. 삶은 가제 손수건을 꼭 갖고 다니며 썼어요. 그런데 이젠 그렇게 못하겠어요. 둘째잖아요." 며느리가 웃으며 말했다. 그날의 그 대화가 딸에게는 충격이었던 것 같았다.

"둘째는 그렇게 키우는 거야? 엄마도 나를 그렇게 키웠겠네. 나는 둘째잖아."

집에 와서 딸은 나에게 불만을 토했다. 나는 할 말이 없어 전전긍 궁하다가 그냥 변명처럼 말했다.

"사랑은 내리사랑이야. 동생일수록 더 예쁘단다. 더 사랑하게 되지."

그래도 딸은 수긍하지 않는 눈치였다.

동생은 이렇게 첫째가 아니라서 서러움이 크다. 늘 위의 형제자매 를 바라보고 있다. 딸은 위에 있는 오빠가 군대를 갈 즈음 외삼촌들 이 오빠에게 군대 간다며 용돈 주는 것을 보았다. 딸은 자기도 군대 에 가고 싶다고 말했다. 그 정도로 샘이 났던 것이었다. 친척들은 웃 으며 군대라는 곳이 놀러가는 곳인 줄 아냐며 놀렸다.

문학모임에 있는 남자분은 이름에 을이라는 글자가 들어갔다. 형 의 이름에는 갑이라는 글자가 들어간단다. 어른이 되고도 한참 후 에 이름을 짓는 분을 만났는데 이름을 바꾸면 좋을 거라고 했다. 그 래서 집에 가서 부모님께 그 말씀을 드렸더니 절대로 이름을 바꾸 면 안 된다고 했단다. 그 을이라는 이름으로 동생이 받쳐주고 있어 야 갑이라는 글자가 들어간 그 형이 잘되기 때문이라고 했다. 그분 은 유쾌한 분이어서 그 말을 재미있게 웃으며 이야기했지만, 그분의 목소리에서 슬픔이 느껴졌던 것은 나만의 느낌이었을까. 우리 부모 님도 알게 모르게 나 때문에 저런 슬픔을 동생들에게 주었으리라 생 각했다.

나의 며느리는 첫째 딸로 태어나서 둘째인 여동생에게 자신이 주로 양보를 하면서 살아왔다고 생각했단다. 그런데 첫째로 아들이 있는 상태에서 둘째 아들을 낳고 보니 큰애 때보다 대충하는 자신을 보며 둘째가 얼마나 가엽고, 서러운지를 알게 되었다고 했다. 특히 동성인 동생들은 정말 안됐다는 생각이 들었단다. 의복이건 음식이건 그냥 막 대충 넘어가게 된다고 하면서.

나 또한 첫째로 크다 보니 많은 사랑을 받으며 자랐고 그러다 보니 이기적인 사람으로 컸다. 항상 내가 우선이었고 동생들에 대한 배려심도 없었다. 동생이 많아서 불편하다고 툴툴거리며 어린 시절을 보냈는데 요즘에 와서야 동생들이 있어서 내가 정말 행복한 사람이라고 느끼게 되었다. 그것도 동생들이 나한테 잘해주니까 느끼는 이기적인 감정이다. 교장이 된 여동생은 큰언니 덕분에 교장이 될 수 있었다고 교장이 되고 첫 월급을 받자 나에게 용돈을 주었다. 어안이 벙벙해 있는 나에게 이런 시골에서 언니가 대학을 갔기 때문에 여자인 자신도 대학에 갈 수 있었단다. 고향 마을에선 대부분 아들들만 대학에 보냈다. 눈치 주고 타박하던 언니에게 좋은 생각을 가져준 동생이 참으로 고마웠다.

어머니가 아파서 강원도에 자주 다녔다. 동네 사람들은 왜 동생들은 오지 않고 나만 오느냐고 묻곤 했다. 나는 동생들은 아직 다 직장 생활을 해서 바쁘고 나만 시간의 여유가 많아서 자주 오는 거라고 이야기했다. 그리고 동생들은 나에게 많은 용돈을 주고 있다고 자랑도 했다.

　나는 첫째니까, 사람들이 우리 엄마를 정자엄마라고 불러주니까, 내가 엄마의 사랑을 가장 긴 세월 많이 받았으니까 내가 자주 가는 것은 지극히 당연하다.

모피

어머니와 온천을 가기 위해 P읍에서 택시를 탔다. 온천장에 도착하자 택시기사가 거스름돈 200원을 내어주었다. 택시 요금이 3,800원이란 걸 처음 알았다. 온천을 끝내고 다시 택시를 탔다. 택시기사가 다시 거스름돈 200원을 내어주었다. 정말 오늘은 이상했다. 몇 년째 이곳을 매주 한 번씩 다녔지만 거스름돈을 받은 적이 없었다.

오늘 우리가 다른 날과 어떻게 다른가 생각해 보았다. 어머니와 나, 둘 다 모피를 입고 있었다. 그 점만이 다른 날과 달랐다. 팔십 중반인 어머니에게 홈쇼핑에서 모피코트를 사드렸다. 안 입으신다고 하면 어떻게 하나 걱정했는데 흔쾌히 입으셨다. 처음 입고 나선 길이었다. 다른 날의 어머니는 불에 타서 구멍이 뻥 뚫어진 바지를 스스럼없이 입고 나서곤 했다. 내가 잔소리해도 소용이 없었다. 누가 늙은이를 유념해서 보겠느냐는 주장이었다. 어느 날 터미널에서 버스를 기다리고 있는데 옆에 서 있는 아주머니 한 분이 물었다. 두 분은 어떤 사이에요? 딸이에요. 에구. 어머니 옷 좀 사 드려야겠네요. 나는 얼굴이 화끈거렸다. 우리 엄마한테는 교장 선생님 딸도 있어요. 그 동생이 옷도 엄청 사서 보내요. 그런데도 편안하다고 저렇게 입고 나오시는 걸요. 아마 그녀에겐 변명같이 들렸으리라. 그래서 그런 어머니와 동행을 할 땐 나도 따라서 시골 아낙처럼 하고 나오곤 했다.

오랫동안 이곳 온천을 다녔지만 택시기사들은 한 번도 거스름돈을 주지 않았다. 나는 이곳의 협정 요금이 그렇게 책정되어 있는 줄 알았다. 모피를 입은 날도 어머니의 구멍 뚫린 바지는 그대로였다. 그런데 겉에 입은 옷이 기다란 모피코트라 그것을 가려주었다. 겉으로 보이는 것의 힘을 느낀 날이었다. 모피는 이렇게 힘이 있었다.

언젠가 모피에 대한 글을 읽은 적이 있다. 인간은 처음에 먹고 살기 위해 동물을 잡았고 몸의 보온이나 보호를 위해 털가죽을 사용했다. 인간이 처음 생각한 옷감은 동물의 털가죽이었다. 털가죽은 사냥의 기념품이었지만 점차 문명의 발달로 인구는 늘어나는데 모피의 공급은 제한적이라 모피의 실용성은 줄어들고 점차 권위와 지위를 나타내는 사치품이 되었다. 고대국가 그리스, 로마, 중국 등에서 모피는 부와 권위의 상징이 되었고 북아메리카에 정착을 시작한 유럽인들도 모피 때문에 인디언에게 접근했다. 모피는 이렇게 역사도 바꾸었다.

고대 동양에서는 모피무역의 중심지가 고조선이었다고 한다. 백두산 등의 높은 산에 호랑이와 표범 그리고 담비가 많았는데 모피와 짐승 가죽은 비쌌다. 그 이유는 특별한 가공기술이 필요했기 때문이었다. 짐승을 잡자마자 사체가 굳기 전에 빨리 가죽을 벗겨내야 하고 또 살과 기름 덩어리를 깔끔하게 떼어내는 기술이 필요한데 고조선에는 흑요석이 있어서 그것을 가능하게 했다. 백두산의 화산 폭발로 생긴 흑요석은 이런 점에서 최상의 도구였다. 모피무역 덕에 고조선은 일찍이 부국이 되었다. 나중에 만주의 여진족이 부강해져서 청나라를 세울 수 있었던 것도 담비 모피를 조선에 많이 수출해 돈을 번 때문이란다. 반대로 조선의 경우 그들에게 소와 말을 주고 모피를 바꾸어 군사력과 농업의 쇠퇴를 가져왔다고 한다.

이렇게 모피가 역사를 바꾸었다는 이야기를 듣다 보면 예전 필리핀의 퍼스트레이디가 떠오른다. 더운 나라인 그곳에서는 모피를 입을 수 없어서 어느 날 체육관에 에어컨을 빵빵 틀어서 모피를 입었다는 이야기다. 어디서든지 부패해서 패망한 독재자들의 집에선 항상 많은 모피 옷이 나왔다는 뉴스가 빠지지 않았다.

나는 부자가 아닌 데다가 뉴스에서 이런 말을 들어서인지 선뜻 모피 옷을 장만하지 못했다. 그런데 어느 날 사촌 올케가 모피 옷 한 벌을 선물로 주었다. 그녀 남편의 거래처가 모피를 생산·판매하는 곳이었기에 가능한 일이었다. 내가 처음 모피 옷을 입고 모임에 나가자 사람들의 평가가 날개를 달았다. 내 작은 얼굴과 작은 체구가 모피 옷에 적격이라는 것이다. 얼굴이 큰 사람이나 체격이 큰 사람은 모피 옷이 얼굴도 더 크게 만들고 체격도 더 부해 보이게 만들어서 어울리지 않는다는 거였다. 그래서 모피회사의 모델들은 얼굴 작고 자그마한 사람들이란다. 더구나 나에 대해서 그런 평가를 해준 사람들이 유명한 회사의 디자이너 출신들이었다. 그들의 말을 듣고 보니 정말 그런 것도 같았다.

어느덧 모피는 내가 즐겨 입는 옷이 되었다. 나중엔 친구들끼리 적금을 들고 목돈을 만들어서 다시 한 벌을 샀다. 나는 겨울 내내 모피를 자주 입었다. 내가 잘 입고 다녀서인지 여동생과 지인들이 자신들이 입기에 작아지거나 해서 안 입게 되면 나에게 또 모피 옷을 주었다. 이래저래 모피 옷이 많이 생겼다. 요즘 겨울은 춥지 않기에 그 옷들을 다 입을 수 없어서 나도 친척들에게 다시 나누어 주었다. 딸에게도 하나를 주고 싶었다. 이거 막내 이모가 입던 건데 너 입으면 어떨까? 딸은 단호히 거부했다. 자신은 동물 학대 반대 운동에 동참

하기 위해서 모피를 절대 입지 않기로 했단다.

　모피를 만들기 위해 동물을 사육하는 환경은 너무나 열악하다. 살 찌우기 위해 좁은 공간에서 키운다. 그렇게 해야 크고 윤기 나는 모피를 얻을 수 있기 때문이다. 또한 부드러운 모피를 얻기 위해서 동물들이 살아있을 때 때리면서 가죽을 벗기는 일이 비일비재하단다. 인간은 얼마나 잔인한가. 그 말을 듣고 한참을 고민했다. 어떻게 하나. 나는 모피가 좋은데…….

　더구나 모피를 입었을 때와 안 입었을 때의 차별을 확실히 경험한 이상 나는 양보할 수가 없다. 아마 앞으로도 즐겨 입을 것이다. 그 대신 새로 사지는 말아야지 생각했다. 요즘은 기술의 발달로 진짜 모피처럼 만들 수 있게 되었다니 다행이다.

　여동생들에게 택시기사 거스름돈 이야기를 했다. 200원은 적은 돈이지만 그들이 한 행동이 마음 상했다. 얼마나 얕잡아 보았으면 그랬을까 싶었다. 오히려 잘 차려입은 사람은 여유 있으니 거스름돈을 안 줘도 되고 구멍 뚫린 바지를 입은 시골 노인네에겐 거스름돈을 더 주어야 하지 않느냐고 열변을 토했다.

　"더운 여름날에도 어머니와 모피를 입고 가셔야겠네요."

　동생들의 대답에 한참을 웃었다.

꽃다발

　꽃다발을 받는 사람을 보면 기분이 좋다. 길에서 꽃다발을 들고 있는 사람을 봐도 기분이 좋다. 그 사람에게 자꾸 눈길이 간다. 꽃의 양이 많은 꽃바구니보다 나는 꽃다발이 더 좋다. 꽃다발은 그 사람의 가슴에 안긴다. 그래서 감사의 마음, 축하의 마음이 가슴에 더 전달되지 않을까 싶다. 그러나 애석하게도 꽃다발의 꽃은 오래가지 못한다. 금방 시들기 일쑤다. 쓰레기가 되어 버려지는 꽃은 부피도 크니 난감하다. 그래서 나는 꽃을 살 생각을 별로 하지 않는다. 그런데 시어머님은 꽃을 엄청 좋아하신다. 어쩌다 내가 꽃다발을 받은 날

어머니께 꽃다발을 드렸더니 평소에 표현을 잘 안 하시던 분이 기쁨의 탄성을 지르고 환하게 웃었다. 그 모습이 좋아서 나는 어떤 행사를 가면 그 자리에 남는 꽃을 얻어오곤 한다.

　지인의 자녀 결혼식은 저녁 예식이었다. 식장에 쓰인 꽃을 하객들이 가져갈 수 있게 했다. 늦게까지 순서를 기다렸다가 주는 꽃을 꽃다발처럼 묶어서 들고 왔다. 먼 길이라 얼른 출발해야 함에도 불구하고 한참 순서를 기다리다가 밤늦은 시간 추운 바람을 맞으며 툴툴거리며 왔다. 나는 꽃을 별로 안 좋아하는데 이 무슨 짓인가 싶다가도 어머니 좋아하실 생각을 하면 꼭 기다리다가 꽃을 받아오게 된다. 이런 고생 안 하고 사서 드리면 되지 하겠지만 그게 또 그렇게 되질 않는다. 꽃은 항상 비싸다. 어버이날 외에는 사게 되질 않는다.

　어느 봄날, 그날도 결혼식에 갔는데 식이 끝날 때쯤 서울에 비가 내렸다. 그런데 꽃을 가지고 가라는 안내방송을 듣고 나는 또 순서를 기다렸다. 주말이라 식이 끝나면 나는 고향 어머니께 갈 계획이었다. 늘 시어머니께만 드렸는데 오늘은 친정어머니께도 드리게 되었구나 생각했다. 그렇게 순서를 한참 기다려 꽃 몇 송이를 손에 들었다. 먼 길을 갈 거라 욕심부리지 않았다. 그렇게 코엑스몰 지하상가를 걸어가는데 뒤에 오던 여인이 나를 불러 세웠다. 방금 결혼식장에서 나오시는 거지요? 왜 꽃송이가 몇 개 없어요? 자신은 너무 많이 받았는데 가지고 가기 불편하다며 길에 주저앉아 나에게 반을 덜어주었다. 그야말로 한아름의 꽃다발을 안고 고향 어머니께 가게 되었다.

터미널에서 버스를 타고 출발할 때도 여전히 비가 내리고 있었다. 버스가 고향의 캬라멜 고개에 다다르자 하얗게 눈이 쌓여 있었다. 예상하지 못한 갑작스런 봄눈에 버스 기사님도 미처 준비를 못 한 것 같았다. 버스는 언덕을 못 올라가고 자꾸 미끄러졌다. 몇 번을 시도하다 할 수 없이 버스를 세운 기사님이 젊은 아저씨들께 부탁을 드렸다. 얼마 떨어져 있지 않은 곳에 대비용 모래가 있는데 그것을 퍼다 날라 눈길에 뿌려 달라고 했다. 젊은 청년들 몇 분이 자리에서 일어나 기꺼이 도왔다. 한참의 시간이 흘렀다. 나는 어두워진 산길 버스 안에서 나를 기다릴 어머니를 생각했고, 꽃을 받느라 지체하지 않았더라면 좋았을 것이라고, 바로 앞차만 탔어도 이런 일이 없었을 것이라고 후회를 했다. 그런데 고향 집에 도착하자 친정어머니는 내가 안고 있는 꽃다발을 보고 엄청 기뻐하셨다. 조금 전의 내 후회가 봄눈 녹듯 사라졌다.

왜 할머니들은 꽃을 좋아할까? 어떤 이가 말했다. 젊은 여자들은 꽃을 좋아하지 않는단다. 왜냐하면 그녀들 자신이 바로 꽃이기 때문이란다. 그런데 나이가 들면 자신이 꽃이 아닌 것을 알기 때문에 꽃을 사랑하게 된다나. 그날 밤 어머니와 이런저런 이야기를 많이 나누었다. 부부 싸움을 하고 가출했던 앞집 아줌마가 집에 돌아왔다는 이야기도 들었다. 나는 정말 기뻤다. 다음 날 아침 나는 어머니에게 드렸던 꽃을 반으로 나누었다. 그리고 예쁘게 새로 꽃다발을 만들어서 앞집 아줌마한테 가지고 갔다. 그녀는 눈을 크게 뜨고 깜짝 놀랐다. 자신의 남편에게서도 받아 보지 못한 꽃을 받았다고 기뻐했다. 그녀의 눈에 반짝이던 눈물을 나는 잊지 못할 것 같다.

꽃다발 하면 생각나는 일이 또 있다. 문학교실 언니의 등단식이 제주도에서 있었다. 축하해주러 제주도까지 가게 되었다. 행사장 근처에 꽃집이 있으려니 생각했다. 그런데 가 보니 행사장은 시내에서 한참 떨어진 외딴곳이었다. 어렵게 알아낸 꽃집에 전화를 했지만 너무 멀어 배달이 불가능하다는 연락이 왔다. 등단식은 시작되었는데 우리 일행은 발을 동동 구르다가 포기를 할 수밖에 없었다. 그런데 내 눈에 금방 무대에서 내려오는 사람이 보였다. 그 사람은 주체할수 없을 정도로 무수히 많은 꽃다발을 받았다. 제주도 사람이었기에 축하해주러 온 사람들이 많은 거 같았다. 언니의 순서는 뒤라 아직 여유가 있었다. 나는 방금 무대에서 내려온 그 사람에게 달려갔다. 그리고 우리의 사정을 이야기했다. 서울에서 이 행사 참석을 위해 방금 내려왔어요. 근데 근처에 꽃집이 없어서 꽃을 못 구했어요. 꽃다발 몇 개만 빌려주세요. 우리 문학반 언니 무대가 끝나면 다시 돌려 드리겠어요. 그 사람은 흔쾌히 꽃다발 몇 개를 주었다. 덧붙이기를 다시 되돌려주지 않아도 된다고 했다. 그냥 드리고 싶단다. 내가 제주도에 3년을 살았던 터라 제주도 사람들 심성 착한 것은 익히 알았지만 그날은 정말 더 큰 감동이었다. 우리는 무사히 그 꽃다발을 무대에 서 있는 언니에게 주면서 축하를 할 수 있었다. 다른 사람 다받는 꽃다발을 언니에게 줄 수 없다면 우리 마음은 안타깝고 슬펐을 것이다. 언니는 꽃다발 없어도 괜찮다고 했지만 내 마음은 그렇지 않았다.

그때의 그 일 때문이었는지 나는 꽃다발을 많이 받는 사람에게 하나쯤 얻어도 된다는 생각을 하게 된 것 같다. 많은 등단식을 다니며 나는 꽃다발 하나씩을 얻어서 시어머니께 갖다 드리는 게 습관이 되었다. 나중에는 내가 말하기 전에 주변에 있는 언니들이 나를 더 챙겼다. 꽃다발 하나를 나에게 주면서 시어머니 갖다 드리라고 했다. 언니들 덕분에 나는 시어머니께 행사 갔다 올 때마다 꽃을 드릴 수 있었다. 시어머니 혼자 집에 두고 밤늦게 행사에 다니는 미안함을 내가 그렇게 표현했는지도 모르겠다. 꽃을 들고 오는 날은 발걸음이 가벼웠다. 간혹 꽃다발을 못 받고 오는 날도 있었다. 괜히 밤늦게까지 혼자 집 지킨 어머니께 미안했다. 어머니 오늘은 꽃다발이 없네요, 어머니가 그 말에 깜짝 놀라서 사람들에게 일부러 달라 하지는 말란다. 이 세상에 태어나서 너에게서 가장 많은 꽃다발을 받아 보았다. 꽃다발 이제 안 가져와도 된다. 시어머니가 웃으면서 말했다. 나도 따라서 배시시 웃었다.

그래도 나는 앞으로도 꽃다발을 챙길 것 같다. 헤밍웨이가 행복에 대해 말한 것을 들었다. 행복을 가꾸는 것은 손닿는 곳에서 꽃다발을 만드는 것이다. 그래서 내가 꽃다발에 집착하나 싶다.

서산일락西山日落 월출동月出東

　어머니의 백발을 가는 빗으로 빗었다. 앞에서 뒤로, 위에서 아래로, 그리고 옆으로⋯⋯. 눈부신 하얀 눈길이었다. 어쩌다 몇 군데 까만 머리카락도 보였다. 하얀 눈 위에 누군가 남긴 발자국 같기도 했다. 어머니 마음을 아프게 한 내가 남긴 발자국 같기도 하고 내 후회의 빛깔 같기도 했다.

　어머니의 머리 손질을 내가 하게 될 줄은 몰랐다. 공부방에서 만난 이웃 언니는 자신이 혼자서 머리 손질을 한다고 했다. 직접 자르고 파마도 한단다. 나에게도 스스로 해 보라고 권했다. 잘못 자르면 어떻게 해요? 걱정스런 나의 물음에 언니의 대답은 간단했다. 혹 실수를 했더라도 일주일만 지나면 머리카락은 쑥쑥 자란단다. 흠 있는 곳을 다 덮어줄 만큼. 그래서 걱정할 필요가 없단다.

정 자신이 없으면 내 머리를 하기 전에 어머니 머리 손질부터 한 번 해 보라고 했다. 그러나 나는 그럴 마음이 전혀 없었다. 우연히 어머니를 미장원에 모시고 간 날, 거울 앞에 앉아 있는 아름다운 한 여인을 보았다. 머리를 다듬으니 어머니가 정말 어여뻤다. 나는 어머니의 그 모습이 너무 좋아서 돌아가실 때까지 미장원은 꼭 보내드려야지 생각했었다.

그런데 요즘 어머니가 통 식사를 하지 못하셨다. 도무지 밥을 못 먹겠다고만 하셨다. 어쩌다 한 번 먹으면 토하고 기운 없이 주로 누워만 계셨다.

"잠자듯이 가만히 죽어야 할 건데……."

어머니가 혼잣말처럼 하는 소리를 옆에서 여러 번 들었다. 어머니의 머리카락이 부쩍 자라 덥수룩해졌다. 머리를 손질해야 하는데 난감하기만 했다. 시골 고향 마을엔 미장원이 없다. 버스 타고 면 소재지로 나가야 한다.

춥고 긴 겨울에 나는 모자를 주로 쓰고 다녔다. 그래서 자르지 않고 버틸 수 있었는데 길게 자란 머리가 머리 감을 때는 불편했다. 그래서 용기를 내어 내 머리를 잘라 보았다. 처음엔 삐뚤빼뚤 정말 볼

품이 없었다. 그런데 그 언니의 말대로 정말 일주일이 지나자 머리카락이 자라서 자연스럽게 흠 있는 곳을 덮어주었다. 내가 시골집에 와서 스스로 머리 자르는 것을 어머니는 보았다. 방안에 떨어진 머리카락이 많다고 타박을 했다. 세상에, 머리카락은 어찌 그렇게나 많은지. 머리를 자른 방에서는 쓸고 쓸어도 계속해서 머리카락이 나왔다. 긴 머리카락, 짧은 머리카락, 아주 짧은 것까지.

식사도 못하시고 누워만 있는 어머니는 미장원을 가자고 해도 싫다고 했다. 며칠을 실랑이하다가 내가 잘라드린다고 했더니 가만히 계셨다. 어머니가 거부하지 않으면 그것은 긍정의 표시다. 어머니는 기운이 없어서 말씀도 잘 하지 않기 시작했다. 예전엔 누가 오면 이야기하는 재미로 사셨는데 그마저도 안 하셨다. 마당에 의자를 놓고 어머니 목에 커다란 보자기를 둘렀다. 시골집에 있는 가위는 말을 잘 듣지 않았다. 왼쪽 방향으로 잘 나가던 가위가 오른쪽 방향으로 하면 영 헛손질만 하게 했다. 사각사각 대는 가위소리도 경쾌하지 않고 둔탁했다. 그러니 더 조심 조심 할 수밖에 없다. 가위질을 한 번 할 때마다 잘린 머리카락이 가만히 땅에 떨어졌다. 하얀 백발 위에 간간이 떨어진 검은 머리카락. 옛날엔 노인이 아주 오래 살면 하얗게 백발이 된 후에 그 백발이 다 빠지고 다시 검은 머리카락이 난다는 이야기를 들었다. 삶과 죽음, 그들은 이렇게 늘 함께 있는지도 모르겠다.

막상 남의 머리 손질을 해 보니 내 머리 손질보다 훨씬 어려웠다. 어머니 머리카락은 삐뚤삐뚤해졌고 층층의 차이가 너무 선명했다. 층층의 경계가 자연스럽게 부드럽게 이어지지 않았다. 마치 선머슴 처럼 되어 버렸다. 어머니는 기운이 없으니 거울 볼 기력도 없어 신 경도 쓰질 않았다. 그나마 다행이었다. 나는 이쪽으로도 빗어서 자 르고 저쪽으로도 빗어서 조금씩 다시 잘라 보았다. 시간은 속절없이 자꾸 흘러갔다. 시간을 너무 많이 지체해서인지 어머니는 힘이 드셨 나 보다. 목에 두른 보자기를 풀기가 무섭게 얼른 일어나 다리 위쪽 으로 천천히 걸음을 옮기셨다.

한참을 기다리다가 나는 어머니를 찾으러 갔다. 어머니가 다리 위 에서 아래에 흐르는 물을 가만히 바라보고 서 있었다. 잔잔한 물 위 에 동그라미가 자꾸 자꾸 그려지고 있었다. 가만히 살펴보니 물고기 들이 뛰어오르고 있었다. 한 번 뛰어오를 때마다 작은 동그라미가 그려지고 그 동그라미는 점점 크게 퍼져 나가고 있었다. 수면 위에 크고 작은 동그라미들로 가득했다. 수온이 높아져서 산소 때문에 저 렇게 날아오르기도 하고 산란을 위해서 저렇게 뛰어오르기도 한다 고 들었다. 숨을 쉴 수 없어 살기 위해 날아오르는 물고기와 새 생명 을 위해 날아오르는 물고기들을 한참 바라보았다.

저녁 무렵이었고 해는 서산 가까이에 있었다. 그러다 문득 바라본 동쪽 하늘, 하얗게 달이 떠 있었다. 세상에나. 해도 있고 달도 있는 진풍경이었다.

"서산일락西山日落 월출동月出東"

서산에 해지면 동쪽으로 달이 뜨는 윤회사상. 죽고 사는 것은 동시에 일어난다는 뜻이란다. 해가 짐은 죽음을 뜻하고 달이 뜸은 새 생명의 탄생을 말한다. 삶과 죽음은 하나이고 이승에서 죽자마자 다른 세상에서 다시 태어나는 것을 뜻하기도 한단다.

다리 아래 개울물에는 물고기들이 동그라미를 계속 그렸다. 하늘에는 서산에 해가 걸려 있고 동쪽 하늘엔 달이 두둥실 떠올랐다. 물과 하늘 그 사이에서 어머니가 고요히 서 있었다. 해와 달 그 사이에 어머니가 서 있었다.

봉정암 가는 길

    가쁜 숨을 몰아쉬며 고개를 들었다. 바로 눈앞에 있었다. 아담한 사찰. 바위에 서 있는 단아한 모습. 고지가 바로 저기, 봉정암이었다. 그러나 지친 발은 더 이상 디딜 힘이 없었다.

    뜸사랑 봉사자 한 분이 우리 봉사자들끼리 봉정암을 한번 가자고 했다. 부처님 진신사리를 모신 곳이고 가을 단풍이 눈부시게 아름다운 곳이란다. 나는 묻지도 따져보지도 않고 가겠다고 대답했다. 나는 내 고향 캬라멜 고개의 단풍이 이 세상 어떤 곳보다 아름답다고 철석같이 믿고 있는 사람이다. 단풍으로 그렇게 유명하다는 캐나다에 여행을 가서도 내 고향 단풍보다 못하다고 생각했던 사람이다. 나는 그저 봉사자들이 좋아서 무조건 따라나선 것이다. 부처님 진신사리를 모신 곳. 불자들은 꼭 가 보고 싶어 하는 성지란다. 그러고 보니 신청한 사람들은 나를 제외하고 모두 다 불교 신자였다. 불교 신자들 중에도 이곳에 가고 싶지만 여러 가지 여건이 되지 않아서 못 가는 분들이 많다고 했다. 건강한 몸에 튼튼한 다리가 있어야 하고 시간적 여유가 있어야 하고 같이 갈 동행이 있어야 하는 곳. 나는 불자는 아니지만 이런 모든 여건이 주어졌으니 절호의 기회였다.

우리는 새벽에 조계사에서 출발한 버스를 타고 용대리까지 갔다. 마을버스를 기다리는 줄이 어찌나 긴지 몇 시간 서 있어야 했다. 여자 봉사자 한 분이 오늘 봉정암을 간다고 했더니 팔순의 어머님이 같이 가면 안 되냐고 몇 번을 물어보셨단다. 안된다고 했더니 풀 죽어 계신단다. 어머니가 조금만 젊었다면……. 여자 봉사자가 혼잣말처럼 하는데 내 가슴이 찡했다.

백담사 계곡의 단풍은 참으로 고왔다. 백담사에 내리자마자 바로 점심을 먹고 곧바로 봉정암으로 출발했다. 올라가는 내내 아름다운 단풍과 맑은 물이 눈부셨다. 이렇게 깊은 산중에 어떻게 부처님 진신사리를 모실 생각을 했을까. 옛 선인은 굽이굽이 흐르는 물길을 따라 계속 걸어서 산 정상까지 당도한 것일까. 가도 가도 길은 끝이 없었다. 올라갈수록 단풍은 자취가 없어진 지 오래되었는지 겨울나무가 휑했다. 발밑에 깔린 나뭇잎들은 이미 흙빛이 되어 있었다.

깔딱 고개를 올라갈 때는 정말 숨이 깔딱깔딱했다. 내가 아무것도 모르니 따라나섰지 그렇게 높은 곳인 줄 알았다면 애초에 따라가지 않았을 거였다. 어찌 나는 이렇게 미련할까. 깔딱 고개 이정표 앞에서 기진맥진한 모습으로 사진을 찍었다. 눈앞에 보이는 대청봉에 눈이 하얗게 내렸다. 대청봉이 코앞인 곳인 줄 알았으면 나는 엄두도 내지 않았을 거였다. 나는 어찌 이리 무모할까.

네발로 기다시피 깔딱 고개를 넘었고 저녁 어스름이 지는 6시 반에 겨우 봉정암에 도착했다. 6시간 30분 동안 산행을 한 것이다. 나는 2-3시간 정도의 거리인 줄 알았다. 마침 저녁밥을 주었다. 미역국에 밥 한술, 오이무침 몇 개가 전부였다. 그것도 어찌나 고맙던지. 손이 덜덜 떨리게 날은 추웠지만 배가 고프니 꿀맛같이 달았다. 그 추운 산 정상. 그곳에서 따뜻한 저녁을 먹을 수 있다는 것만으로도 행복했다. 불상이 없는 법당에서 사람들은 밤을 새워 예불을 드렸다. 나는 돌 위에 서 있는 아름다운 사리탑을 돌아보았고 찬물에 고양이 세수를 하고 방에 누웠다. 요가 매트 하나가 한사람이 차지할 수 있는 잠자리 넓이였다. 방안에는 사람들로 가득했다. 고3 수능을 앞둔 시점. 자녀들의 합격을 기원하는 사람들이 정말 많았다. 방은 절절 끓었고 나는 금방 잠에 곯아떨어졌다.

새벽 5시 반에 이른 아침을 먹고 하산을 해야 했다. 다시 백담사로 출발했다. 어두운 길이라 전등불을 켜 들고 조심조심 발을 디뎠다. 중간쯤 내려왔을 때였다. 바위 위에 발을 올려놓는 순간 갑자기 발이 쭉 미끄러졌다. 찰나의 순간이었다. 바위에 부딪히면서 굴러떨어졌다. 생과 사는 정말 한 발 차이였다. 바닥에 떨어져 꼼짝 못하고 웅크리고 있었다. 정신을 차릴 수가 없었다. 이곳이 어디인가? 눈을 뜨고 있어도 정신이 아득했다. 같은 일행인 봉사자 한 분이 뛰어 내려와 괜찮은지 물었다. 나는 깜짝 놀라 벌떡 일어나려고 했는데 그냥 가만히 앉아 있으라고 했다. 어디가 아픈지 생각을 해 보란다. 특히 머리가 아픈지를……. 주변에서 보살님들이 괜찮냐고 일제히 물었다. 정신 차려 고개를 들어보니 나보다 나이 드신 아주머니들이었다. 나는 갑자기 부끄럽고 창피했다. 저렇게 나이 드신 분들도 거뜬히 내려오는 이 길을 나만 미끄러져 떨어지다니. 내가 몹시 부끄럽다고 했더니 봉사자분이 말했다. 저분들은 수시로 이곳에 다니시는 분들이네요. 이곳이 익숙한 분들이고 이곳에 처음 온 사람과는 다르지요. 그 말에 조금 위안이 되었다. 꼬리뼈가 아팠지만 걷는 데는 다행히 괜찮았다. 배낭을 대신 매주고 이끌어주는 일행 덕분에 간신히 내려올 수 있었다. 백담사가 보이니 마음이 놓이고 살아 돌아온 실감이 났다. 일행들에게 말은 하지 않았지만 떨어지는 순간 나는 죽는구나 생각했었다. 나중에 모임에서 이 말을 했더니 신실한 불자한 분이 말했다.

"부처님 계신 곳에 가면 부처님이 보살펴주십니다."

그래서 크게 다치지 않는단다. 그 말을 듣고 보니 그런 것 같았다. 더 큰 바위에 부딪칠 수도 있었고 머리를 다칠 수도 있었고 허리를 다칠 수도 있었을 것이다. 정말 감사한 일이었다.

그러고 보니 나는 다섯 개 적멸보궁을 다 가 보았다. 우리나라에 있다는 다섯 개의 적멸보궁. 고한에 있는 정암사. 그 지역이 내 첫 발령지였기에 가 볼 수 있었다. 유명한 곳이라기에 사람들을 따라서 그냥 갔다. 오대산 상원사에도 갔었고 양산 통도사에도 갔었다. 영월 법흥사에도 동료들과 같이 장릉에 가면서 잠시 들렀던 듯하다. 그리고 봉정암까지. 그러고 보니 불자도 아닌 내가 다섯 적멸보궁을 다 다닌 것이었다.

깔딱 고개에서 숨을 몰아쉬며 기어오를 때 무작정 따라나선 나를 얼마나 후회했던가. 자세히 꼼꼼하게 알아보지도 않은 내 무지와 경솔함을. 그런데 내 친구들은 내 그 점이 미덕이 되어 좋은 일이 이루어진 것이란다. 적멸보궁 다섯 곳을 다 가 보는 것. 그것은 그녀들의 소원이란다. 그녀들의 소원을 내가 먼저 이루었다며 불자 친구들이 나를 엄청 부러워했다. 어떻게 봉정암까지 갈 생각을 했느냐고 난리다.

아직까지 꼬리뼈 때문에 고생하고 있지만 친구들의 그 말을 들을 때마다 괜스레 흐뭇해졌다. 불자도 아니면서 흐뭇한 이 마음은 무엇일까. 앞으로 꼼꼼해지자고 몇 번을 다짐했는데 내 성격 그대로 그냥 살아야 하나.

팔뚝 굵다

내 아이들이 초등학교 중학교 다니던 때였다. 골목 안에 미장원이 있었다. 비싸지 않은 동네 미용실인데 나는 그곳이 좋았다. 큰 대로 변에는 내로라하는 유명한 미용실이 많았지만 그런 곳은 너무 비쌌다.

더운 여름날 소매 없는 원피스를 입고 미장원에 갔다. 하얀 칼라에 줄무늬가 시원해 보이는, 내가 좋아하는 원피스였다. 내 앞으로 꽤 많은 사람들이 있었다. 순서를 기다리며 앉아 있는데 내 뒤로 할머니 한 분이 들어왔다. 할머니는 내 옆에 앉아서 나를 유심히 보았다.

나는 잡지를 보면서 순서를 기다렸고 내 순서가 와서 머리를 잘랐다. 커트가 끝나고 드라이까지 마친 거울 속의 나는 예뻐 보였다. 역시 이래서 여자는 미장원에 자주 와야 한다고 생각했다. 목욕을 하고 났을 때와 미장원에서 머리를 했을 때 여자는 다시 태어나는 것이라는 생각이 들곤 했다. 순서를 기다리던 할머니는 여전히 나를 보고 있었다. 나는 내가 예뻐서라고 생각했다. 예쁜 원피스를 입었겠다, 머리까지 예쁘게 했으니 돋보이는 것은 당연했다. 갑자기 할머니가 입을 열었다.

"새댁은 어쩜 그렇게 팔뚝이 굵나. 얼굴보다 팔뚝이 더 크네."

세상에나! 할머니가 나를 그렇게 본 것은 팔뚝이 굵어서였다. 내가 웃음을 터트렸고 미장원은 한참 동안 웃음소리로 가득했다. 크게 웃는 사람, 작게 웃는 사람. 미소만 짓는 사람. 나는 웃으면서 크게 말했다. 내가 예뻐서 할머니가 계속 보는 줄 알았다고. 내 말에 사람들은 더 크게 웃었다.

나는 잡지도 보고 미장원 원장님과 이런저런 이야기를 하느라 미장원에서 조금 더 시간을 보냈다. 모든 사람이 다 돌아갔다. 미장원 원장님이 아까 내 팔뚝 굵다고 했을 때 한쪽에서 조용히 웃던 분이 있었는데 얼마 전 딸이 불의의 사고를 겪은 분이란다. 신문에서 방송에서 연일 나왔고 세상을 떠들썩하게 했던 일이란다. 그 말을 듣고 보니 생각이 났다. 이 동네 이름이 나왔지만 나는 그냥 스쳐 지나갔었다. 사위의 불륜을 의심한 부유한 장모가 돈을 주고 사람들을 사서 상대방 여자를 죽이라고 했는데 친척 동생인 그 집 딸을 그 사위가 만나는 여자로 오해해서 죽인 사건이었다. 꽃다운 대학생. 한창 어여쁜 나이에 어이없는 일로 세상을 뜨다니 엄마의 마음이 오죽했을까. 오랫동안 두문불출했는데 정말 오랜만에 머리를 자르러 온 것이란다. 내 굵은 팔뚝 때문에 우울했던 누군가가 작게라도 웃을 수 있었다면 그것도 좋은 일이었다.

"팔뚝 굵다!"

겨울에 꼭꼭 싸매는 옷을 입다가 여름에 가벼운 옷을 입기 시작하면 내 친구들은 깜짝 놀라곤 했었다. 그 말을 듣고 처음엔 창피했는데 하도 듣다 보니 만성이 되었다. 키도 작고 얼굴도 작은 내가 겨울엔 호리호리해 보였는데 여름이 되면 튼실한 팔과 튼실한 다리가 눈에 띄어 친구들도 깜짝 놀라곤 했으니까. 그전까진 내가 팔다리가 굵은 줄 몰랐는데 친구들의 말을 듣고 보니 정말 그랬다. 시골에서 중학교를 다녔고 아침저녁으로 십 리를 걸어서 다니다 보니 나는 튼튼한 다리를 갖게 된 것이라 생각했다. 그런데 그것보다는 체질적인 영향이 큰 것인지 딸이 엄마 닮아서 다리가 굵다고 대학생 때 툴툴거린 적이 많았다. 굵은 다리에 치마를 입으면 예쁘지 않단다. 그 말을 듣는 내내 미안했다. 그나마 팔뚝은 나를 닮지 않아 다행이었다.

그런데 요즘 연예인들이 꿀벅지라고 하면서 부러움의 대상이 되는 시대가 되었다. 운동으로 다리를 일부러 굵게 만들고 그 굵은 다리가 건강의 상징으로 생각되는 시절이 되어서 참으로 다행이다. 나이가 들면 다리 살이 빠져서 다리가 가늘어지고 건강이 약해진다는 말들을 한다. 그런데 굵은 팔뚝에 대해서 좋게 한 이야기는 아직 없다. 운동을 안 해서 지방 분해가 안 되어 팔뚝 살이 찌니 빼야 한다는 말뿐이다. 그런들 어떠랴.

미장원에서 웃었던 내 팔뚝 이야기를 듣고 한 언니가 말했다. 아마도 그 할머니는 팔뚝 굵은 내가 부러웠을 것이란다. 나이가 들면 모든 살은 빠지니까 부러워서 그랬을 거란다. 나도 그렇게 생각하기로 했다. 내 팔뚝은 여전히 굵고 나는 그런 튼실한 내가 좋다.

삐끗

아침에 눈을 떴다. 화장실을 가려는데 허리가 어찌나 아픈지 움직일 수가 없었다. 앉기도 힘들고 서기도 힘들고 누워 있기도 힘들었다. 이런 요상한 일이 다 있다니. 허리가 삐끗한 것이란다. 엊그제 책몇 권을 들고 왔었다. 그다음 날은 온종일 서서 일을 했다. 그리고이틀 내내 전철에서도 버스에서도 오고 갈 때마다 자리가 없어 내내서 있었다. 그다음 날엔 손자 크리스마스 선물로 주문한 책을 경비실에 가서 찾아서 들고 왔다. 아들이 무거운 책이라고 하면서 내 걱정을 하더니 정말 그렇게 허리가 삐끗한 것이다.

아파서 공부방도 못 가고 봉사실도 못 가고 종일 설설 기면서 지냈다. 잔기침 한 번에도 자지러지게 아팠다. 정말 견디기가 힘들었다. 허리는 무엇으로 만들어졌기에 이런 작은 기침 소리 하나에도 큰 고통을 느끼나 싶었다. 모임에 못 간다고 여기저기 올렸더니 답장이 올라왔다.

"어머나! 연말 송년 파티에서 춤추다가 허리를 삐끗한 거군요."

그 글을 읽고 어찌나 웃음이 나오던지 웃느라 또 허리가 아팠다. 문자를 보낸 언니는 유머가 대단하다. 항상 말을 조금 어긋나게, 약간 삐끗거리도록 하는데 주변에선 웃음꽃을 피운다. 춤이라니. 춤 배우는 게 내 로망 중의 하나인데. 몸치라 남들보다 한 박자 늦게 따라 하는 바람에 초등학교 운동회 연습할 때 선생님 눈에 자꾸 띄었다. 무용 시간마다 항상 지적받던 내가 아니었던가.

책을 읽는다. 붓글씨를 쓴다. 내가 시간을 보내는 모든 것이 앉아서 하는 것이기에 몸으로 움직이는 것을 하고 싶었다. 멋지게 춤추는 여인! 생각만 해도 뿌듯했다. 스페인에서 보았던 플라멩고를 추는 여인. 나는 그 여인에게 홀딱 반했다. 그녀의 가쁜 숨에 옷섶이 나풀거렸고 흐르는 땀에 그녀 가슴이 흠뻑 다 젖었다. 그녀의 춤은 한 편의 시였고 한 편의 드라마였다. 그녀는 몸으로 말하고 몸으로 표현했다. 그녀의 아픔과 슬픔, 그리고 기쁨과 흥이 그녀의 몸에서 뿜어져 나와 물결되어 흘렀고 그 파동이 나에게 왔다. 나는 그 춤을 보며 어찌 그리 눈물이 나던지 흐르는 눈물을 주체할 수가 없었다. 감동으로 한동안 목이 메었다. 나도 꼭 춤을 배워야겠다고 결심했다. 더 늦기 전에.

그때 마침 이웃 언니가 성당 라인댄스교실에 다니라고 권했다. 여자끼리만 하니까 남자 손을 잡을 일도 없어서 좋다고 했다. 몸치인 사람들은 남자들이 있으면 부끄러워서 더 못 추게 되니 나에겐 성당 라인댄스교실이 제격이란다. 정말 생각해 보니 절호의 기회였다. 나는 라인댄스교실에 등록을 했다. 라인댄스란 줄 맞추어 서서 하는 춤인데 가장 간소한 춤의 형태다. 그래서 몸치인 사람도 배울 수가 있단다. 기대감이 컸다. 일주일에 한 번씩 댄스교실에 갔다. 스팽글이 달린 빨간 반짝이 치마도 사고 검정색 댄스화도 샀다. 신세계를 발견한 기쁨이었다. 첫 달까지는.

두 번째 달부터 조금 복잡한 동작이 들어가자 어찌나 힘이 들던지 다리를 절뚝거리기 시작했다. 일주일에 삼일은 손자를 봐주러 다니던 때였다. 무릎이 부어올랐다. 물론 춤 때문이 아니고 그동안 쌓였던 것이 한꺼번에 몰려온 것이겠지만 아파서 도저히 견딜 수가 없었다. 병원에 갔더니 무릎에 물이 가득 차서 빼내야 된단다. 딱 한 달만에 끝났다. 내 로망이던 댄스교실. 1년 동안 배우고 준비하면 매년 봄마다 성당에서 열리는 경로잔치 무대에 설 수 있다고 했는데 너무 아쉬웠다. 무대에 서 보지도 못하고 그만둘 수밖에 없었다.

다른 카톡방에는 이런 글이 올라왔다.

"이제 늙어서 그런 것이니 앞으론 무리하지 말고 몸 사리면서 조심조심 살아야 한다."

생각해 보니 그렇기도 했다. 내가 중학생 때 나는 딱 마흔까지만 살아야지 생각했었다. 마흔이란 나이가 나에겐 엄청 많은 나이로 보였다. 그때 친구들이 마흔을 훌쩍 넘겨 더 살면 어떡하지? 이렇게 물었고 나는 스스로 죽어야지 뭐 이렇게 답했던 거 같다. 얼마 전에 서울의 명문대 신입생들에게 부모님이 몇 살까지 사셨으면 좋겠냐고 설문 조사를 했다. 환갑 정도까지만 사셨으면 좋겠다는 답이 압도적으로 많았다고 한다. 그것이 뉴스에 나오자 주변 사람들이 난리가 났다. 요즘 애들은 철이 없다. 불효자라는 등등. 그런데 나는 중학교 때의 내가 생각났다. 15살짜리에게 40이란 나이가 무척 늙은 나이인 것처럼 19살짜리 아이들에겐 60이 넘은 나이는 엄청나게 늙은 나이란 인식이었을 거라고 나는 생각했다. 늙어 가는 것에 대한 개념이 없는 아이들이 어른들 생각과는 약간 삐끗 어긋나게 대답을 한 것이리라. 나는 내 이야기를 하며 그 대학생들을 두둔했다.

뜸도 뜨고 침도 맞고 근육이완제도 맞았다. 동서양의학을 총망라해서 이틀 만에 통증이 풀어지기는 했다. 그러나 아직도 어떤 순간 또다시 삐끗 조짐이 오고 또 통증이 살살 온다. 전철에서 목적지에 도착했는데 도저히 의자에서 일어날 수가 없었다. 할 수 없이 앞에서 있는 아가씨에게 내 손을 좀 잡아주세요. 도저히 일어날 수가 없네요. 하면서 손을 내밀어 부탁을 했다. 아가씨는 상냥하게 나를 일으켜 세워주었다. 눈물 나게 고마웠다. 예전의 나라면 틀림없이 이상한 사람이라며 한번 쏘아보았을지도 모른다. 사람은 언제 누구의 도움이 필요할지 알 수 없다.

그나저나 언제 또 춤을 배울 수 있으려나. 춤추다 삐끗! 해 볼 수나 있으려나.

빨간 반짝이 치마도 까만 구두도 그대로 있는데…….

모래에 그리고 돌에

강원도 어머니를 모시고 온천에 갔다. 버스에서 내려 택시를 타야 했다. 정류소에는 많은 택시들이 서 있었다. 맨 앞에 있는 택시에 우리가 다다른 순간, 어떤 젊은 여인도 우리와 동시에 택시에 와 있었다. 우리는 서로 바라보았다. 내가 인사를 하며 양해를 구했다. 어머니가 걷는 게 조금 힘든데 우리가 먼저 타면 안 될까요? 여인은 웃으며 흔쾌히 고개를 끄덕였고 뒤에 있는 택시로 갔다. 나는 감사하다고 크게 인사를 했다.

그런데 우리가 택시를 타자 갑자기 택시기사가 툴툴거리기 시작했다. 왜 새치기를 했느냐, 남의 순서를 그렇게 가로채면 안 된다, 그 사람이 먼저 택시에 닿았다 등등. 잘 듣지 못하는 어머니는 무슨 소리인지도 모르고 가만히 계셨다. 나는 처음에 기사가 농담으로 한두 번 하다가 말 줄 알았다. 그런데 그 기사는 정말 기분 나쁘다는 듯이 힐난조로 계속 나를 나무라는 것이었다. 이 사람이 왜 그럴까를 가만히 생각해 보았다. 몸이 아픈 어머니가 행동이 느리고 굼뜨니까 그런 것 같았다. 아까 그 젊은 여인을 우리 어머니 대신 태우고 싶은 거였다.

택시기사를 가만히 바라보았다. 내가 뒷자리에 앉았으므로 택시기사의 뒷모습이 먼저 보였다. 머리카락이 온통 하얬다. 그 자신도 노인네였다. 내가 자신을 쳐다보는 것을 알고 기사는 또다시 나를 나무라는 잔소리를 했다. 나는 갑자기 화가 났다.

"기사님, 뭐가 문제예요? 우리하고 그 여자분하고 동시에 도착했고요. 택시 문을 열기 전에 제가 그분께 부탁을 했어요. 다리가 불편한 어머니가 이 차를 타도 되냐고. 그 여자분이 흔쾌히 동의해서 우리가 탔어요. 도대체 뭐가 문제예요?"

택시기사가 놀란 듯했다. 시골 노인네인 어머니의 옷차림을 보나 꽃샘추위로 잠바를 뒤집어쓴 키 작은 내 모습을 볼 때 자신이 나무라면 기죽어 있을 줄 알았던 모양이었다.

"어머니가 노인네라고 그러시는 것 같은데 그러시는 거 아니에요.

아저씨도 머리가 하야시네요. 같이 나이 들어가는 분들이 서로 노인들을 무시하면 우리나라 노인들은 아무 데도 갈 데가 없어요. 이런 일을 겪으면 나 같은 자녀들도 부모님들 모시고 어디 다니고 싶지 않을 거잖아요? 다 아저씨 같은 분들 책임이에요. 노인들 스스로 노인들을 배려해주지도 않네요."

화가 나니까 다다다다하고 말이 터져 나왔다. 잠시 동안 침묵이 흐른 후에 택시기사가 미안하다고 자신이 잘못했다고 사과했다. 그래도 나는 분이 풀리지 않았다. 택시를 내리면서 저 택시를 포천시에 고발할까도 생각했다. 어차피 온천 하러 오는 사람들이 많은 작은 읍이니 파급효과는 있으리라 생각했다. 그러나 막상 하지는 않았다.

그날 저녁 시골 초등학교 카톡방에 글이 하나 올라왔다.

"누군가 우리를 괴롭혔을 때 우리는 모래에 그 사실을 적어야 해. 용서의 바람이 불어와 그것을 지워버리도록……. 그러나 누군가가 우리에게 좋은 일을 했을 때 우리는 그 사실을 돌에다 기록해야 해. 그래야 바람이 불어와도 영원히 지워지지 않을 테니까."

화가 안 풀리고 있었는데 그 글을 읽으니 마음이 달라졌다. 오늘 일도 모래에 써야겠구나 생각했다. 내 마음도 조금 풀렸고 모래에 쓴 나의 감정은 금방 지워질 것 같았다.

어느 모임에서 이런저런 이야기를 나누게 되었다. 밥 먹다가 생기는 일이 소재가 되었다. 우리 시어머니는 맛있는 반찬이 있으면 꼭 당신 아들의 숟가락 위에 올리곤 했다. 시어머니와 남편과 나, 이렇게 셋이서 밥을 먹고 있는데 밥 먹을 때마다 꼭 이 일은 반복되었다. 그런데 참 이상한 게, 그걸 볼 때마다 내 마음이 작아지고 있었다. 소외받고 있는 기분. 사랑받지 못하고 있다는 그 느낌은 참으로 나를 불편하게 했다. 처음엔 대수롭지 않게 보았고 어머니 사랑이 참 지극하시구나 생각했다. 그런데 수년째 계속되다 보니 처음엔 샛별처럼 작게 반짝이던 그 사랑의 빛이 길어져서 내 눈이 부시고 시렸다. 이 나이에 질투도 아니고 무슨 이런 생각을 한담? 하는데도 역시 마음은 편치 않았다는 이야기를 하게 되었다.

이웃 언니가 말했다. 자신도 그런 경험이 있단다. 셋이서 모여서 자주 밥을 먹는 모임이 있었는데 한 사람이 언니를 빼놓고 다른 사람한테 그렇게 반찬을 올려주었단다. 그런 상황이 반복되다 보니 마음이 불편해서 언니가 모임에서 스스로 빠져나왔다고 했다. 나만 느끼는 감정이 아니라서 다행이었다. 이런 마음을 이해받을 수 있어서 마음이 놓이기도 했다.

그런데 한 친구가 나에게 말했다. 지금 네가 입고 있는 분홍색 조끼도 시어머님이 떠주신 거라며? 정말 그렇다. 올겨울에 분홍색, 짙은 회색, 연한 회색, 노란색 이렇게 4개나 나에게 떠주셨다. 친구가 말했다. 반찬보다 조끼가 더 좋잖아. 아들한테는 반찬을, 며느리한테는 뜨개옷을. 그러면 됐지 뭐. 나라면 그걸로 만족하겠다. 친구의 말을 듣고 보니 그렇다. 이래서 수다 떨며 사는 것은 필요하다.

그러나 다음 날 아침, 밥을 먹을 때 어머니는 또 남편에게만 맛있는 반찬을 올려 주셨다. 속 좁은 나는 오늘 또 반찬 안 준 것은 모래에, 뜨개옷 주신 것은 돌에 쓸지도 모르겠다.

장미는 아직 피어 있다

아침 기온이 영하 24도라니, 새벽 기온은 더 한참 아래로 곤두박
질했을 것이다. 내린 눈도 하얗게 꽁꽁 얼어붙어 그야말로 겨울왕국
이었다. 칼바람은 곳곳에 있는 얼음 위로 삭삭 소리를 내면서 날을
갈았다. 바람의 칼날은 더욱 예리해졌다. 슬쩍 스치기만 했는데 두
뺨과 새끼손가락이 저리고 아팠다. 고향의 겨울은 그야말로 엄동설
한. 세상 모든 것이 얼어붙은 산골에는 색깔이 없다.

고향 집 바로 앞에 있는 초등학교. 겨울 방학이라 아무도 오지 않
는 학교 담장 여기저기에 언뜻 붉은빛이 보였다. 신기해서 다가가

자세히 보니 장미꽃이었다. 장미는 아직 지지 않고 있었다. 어떻게 꽃잎조차 떨어지지 않고 유지하고 있을까. 비록 메말랐지만 꽃 형태 그대로 붉은 자주색을 가지고 있었다. 자신의 모든 빛을 짜내어 응고시킨 것처럼 처연하고 아련했다. 자신만이라도 이렇게 붉은색으로 시골 학교 담장을 지키려고 애쓰는 것만 같았다. 폐교의 위기를 겪는 학교를 지키려는 듯.

추운 아침인데 숨이 가쁘다고 힘들어하는 어머니가 옷을 챙겨 입었다. 모자도 쓰고 그 위에 수건까지 한 겹 더 둘렀다. 닭에게 모이도 주고 물도 줘야 한단다. 우리 집 닭도 아니건만 뒷집 닭에게 지극정성이었다. 뒷집 아줌마가 식당에 일 다니느라 아침 일찍 갔다가 저녁 늦게 오기 때문에 닭에게 신경을 통 못 쓰기 때문이었다. 닭장에 갔다 온 어머니가 오늘 아침 그 추위를 견디지 못하고 닭 한 마리가 얼어 죽었다고 했다. 물그릇을 가까이 밀어주어도 꼼짝을 안 하기에 웅크리고 있는 닭을 막대기로 슬쩍 건드려 보았더니 푹 쓰러졌단다. 나는 뒷집 아줌마한테 문자를 보냈다. 저녁에 집에 오면 바로 치우셔야겠다고. 고맙다는 답신이 왔다. 어머니는 아무리 짐승이라도 저렇게 돌보면 안 되는데 하면서 걱정이 태산이었다. 모이도 물도 제때 주어야 하고 닭장 자체도 좀 더 따뜻하게 돌보아야 한단다. 나는 어머니가 다른 거에는 신경을 덜 썼으면 싶었다. 닭장 돌보는 것도 학교 앞이나 운동장 청소도 그만했으면 싶었다. 암 수술 후

유증으로 몸이 안 좋은 상태이니 그저 당신만 잘 돌보면서 지냈으면 싶었다.

지나가던 한 부부가 길을 물었다. 이곳 물은 서울에 갖다 놓고 오래 있어도 이끼가 끼지 않는단다. 그래서 부부는 가끔 시간이 나면 이곳에 물을 길러 오곤 하는데 평소에 가던 샘물에 가 보니 얼어 있더란다. 아래로는 흐르고 있지만 위가 얼어서 도저히 받을 수 없는 상태란다. 물을 길어갈 만한 곳이 어디쯤 있느냐고 물었다. 나는 이런 추위에 얼지 않은 물은 더 이상 없을 거라고 했다. 부부의 낭패해하는 모습이 역력했다. 그런데 갑자기 어머니가 우리 집 물이 산에서 연결되어 바로 내려오는 것이니 이거라도 괜찮다면 담아가라고 했다.

거실에 누워서 텔레비전을 보고 있던 나는 내 포근한 자유가 침해되는 거 같아 마음이 불편했다. 툴툴거리며 따뜻한 담요를 걷고 자리에서 일어났다. 거실 겸 부엌인 집 구조상 거실에 더 이상 누워 있을 수는 없게 되었다. 겨울이라 물의 수량이 여름같이 콸콸 나오는 것도 아니고 졸졸 흐르는 상태였다. 그 부부는 커다란 물통 4개를 차 트렁크에서 꺼내 들고 거실로 들어왔다. 많아야 한두 통 정도겠지 생각했던 나는 입이 딱 벌어졌다. 물통 한 개의 크기가 20리터 가까이 되는 큰 물통이었다.

커다란 물통은 수도꼭지가 있는 싱크대에는 들어갈 수가 없었다.

어머니는 큰 함지박을 창고에서 들고 왔다. 덩치 큰 함지박을 나르는 어머니를 보는 것도 심기가 편치 않았다. 왜 그렇게 무리를 하는지 모르겠다고 뾰로통했다. 그 함지박을 거실 바닥에 놓고 그 안에 물통을 놓았다. 싱크대 수도꼭지에서 흐르는 물을 커다란 양동이에 받았다. 그리고 그 물을 퍼서 커다란 물통에 깔때기를 꽂고 담아야 했다. 여인은 열심히 물을 퍼서 담았다. 그 모습을 본 어머니가 일이 서투른 거 같다며 어머니가 대신해 주겠다고 했다. 나는 깜짝 놀라 그것만은 안 된다고 만류했다. 여인도 놀라서 좀 서툴러도 자신이 하겠다고 했다. 물을 받아가게 하는 것만으로도 고맙다고 했다. 여인이 한 통을 다 채우면 그녀의 남편이 꽉 찬 물통을 들고 나가 차에 실었다. 시간이 상당히 걸렸다.

이런저런 이야기가 오고 갔다. 여인은 그녀의 남편이 서울의 유명한 대학병원에서 직원으로 근무를 한다고 했다. 정년이 몇 년 남지는 않았단다. 아프지 않아서 병원에 안 간다면 더 좋은 일이지만 혹시 서울 병원에 올 일이 있으면 연락하라면서 자신의 전화번호를 알려주겠다고 했다. 언제든 도움을 드리고 싶단다. 귀가 어두워서 평범한 대화가 불가능한 어머니는 그냥 웃고만 있었다. 나는 고개를 저었다. 물을 드리는 것은 우리 어머니의 생각이고 나는 반대한 사람이에요. 그런데 우리 어머니는 다니는 병원이 있어서 아마 그 병원으로 가실 일은 없을 것 같네요. 나는 툴툴거리고 인상 썼던 내가 부끄러워 이렇게도 말했다. 도움을 받은 당사자한테 꼭 그대로 도움을 줘야 하는 것은 아니잖아요. 물을 드리는 이것은 큰 도움도 아니지만 만약 이게 도움이 되었다면 다른 분들께 좋은 일 하시면 되지요.

드디어 물통 4개가 다 차에 실렸다. 잘 가시라고 차 문을 닫아주며 인사를 했다. 갑자기 여인이 다시 차 문을 열었다. 손에 머플러 한 장이 들려 있었다. 이거 한 번도 안 쓴 거예요. 좋은 것은 아니지만 너무 고마워서 그냥 갈 수가 없어요. 그녀는 어머니 목에 긴 머플러를 둘러주고 꼭 안아주었다. 나는 괜히 가슴 뭉클해져서 눈물이 날 것 같아 고개를 돌렸다.

하얗게 또 눈이 내렸다. 방안에만 가만있자니 숨도 가쁘고 가슴이 답답하다며 어머니가 다시 옷을 챙겨 입었다. 닭장에 가시겠거니 생각했다. 그런데 한참이 지나도 오지 않았다. 걱정이 되어 나가 보았다. 하얀 눈이 수북이 쌓여 있는 학교 운동장. 바람에 흔들리는 붉은 자줏빛. 메마른 장미꽃들이 바람에 흔들리는 줄 알았다. 언뜻 본 학교 운동장에 하얀 발자국이 가지런히 나 있었다. 내 눈이 그곳을 따라가 보니 어머니가 앉아서 그네를 타고 있었다. 그녀가 준 자줏빛 붉은 머플러를 흩날리면서……. 어머니가 혼자서 그네를 타고 있었다.

내 고향 장미는 아직 피어 있는 중이다.

제2부

낙화입실노처향落花入室老妻香

　뜸사랑 봉사실 휴식시간에 여자 봉사자 한 분이 나에게 하소연을 했다. 오늘 자신의 침상에 왔던 분들 모두 정말 냄새가 심했다고. 사십을 갓 넘긴 젊은 분은 정신질환을 앓는다고 했는데 발이 새까맣고 발뒤꿈치에 때가 덕지덕지 끼어 있었단다. 여자 봉사자는 뜸을 떠주면서 냄새 때문에 숨을 안 쉬려고 해도 자꾸 냄새가 나서 힘들었다고 했다. 그다음에 온 사람은 췌장암 말기의 환자였는데 몸에서도 머리에서도 비듬이 툭툭 떨어졌단다. 내가 머리에 뜸 뜨는 것을 도와주려고 머리카락을 만지는데 머리 비듬이 수북이 떨어졌다. 삶에 대한 희망의 끈을 놓아서였는지도 모르겠다.

우리의 이야기를 지나가던 팀장님이 들었는지 종례시간에 한 말씀 하셨다. 정신질환을 앓는 이는 친구의 아들이라고 했다. 어릴 때 한밤중에 심하게 열이 났는데 너무 시골이라 어떤 조치도 취할 수가 없었단다. 부모의 잘못으로 아이가 그렇게 되었다며 늘 자식 걱정을 한다고 했다. 처음엔 아버지를 따라서 이곳에 왔지만 요즘엔 혼자서 잘 오고 있단다. 뜸사랑 봉사실에 오는 것은 그 사람들에겐 더 이상 나빠지지 않기를 바라는 한 가닥 희망 같은 거란다. 팀장님은 덧붙이기를 성당에서 죽은 이들의 염을 해주는 봉사자들도 있는데 그분들은 죽은 사람에게서 나는 냄새를 향기로 생각을 하면서 염을 한단다. 이곳에 오는 사람들에게서 비록 냄새가 난다 한들 죽은 이들에게서 나는 냄새에 비할 바가 아닐 거란다. 이곳에 오는 사람들에게서 혹시 냄새가 나더라도 좋은 냄새가 난다고 생각하고 뜸을 떠주라고 당부를 했다.

뜸사랑에 오는 분들은 혼자 사는 분들이 많다. 65세 이상이면서 생활보호대상자인 분들도 대부분 혼자 살고 장애인 복지카드를 갖고 있는 분들도 대부분 혼자 사는 분들이다. 대부분은 이곳에 올 때 씻고 오지만 치매나 정신 쪽으로 앓고 있는 분들, 우울증을 앓고 있는 분들은 청결에 관한 생각을 미처 하지 못하는 것 같다. 또 말기 암을 앓고 있는 분들도 삶에 대한 의욕을 잃어서인지 몸을 잘 안 씻는 것 같다. 그래도 그분들이 어떻게 잊지 않고 이곳을 찾아오는지 그것이 신기할 때도 많다.

나도 처음엔 잘 씻지 않아 냄새나고 비듬 떨어지는 분들을 만나면 아무 말도 못하고, 속으로 걱정만 하고 불편해하기도 했다. 우연히 텔레비전에서 한 치료법을 보았다. 여러 나라의 치료법을 소개하는 프로그램이었는데 독일에선가 온천요법이라고 하면서 목욕탕을 소개하고 있었다. 혈액순환이 잘 되니 여러 가지 병 치료에 도움을 준다고 했다.

어느 날 몸에서 비듬이 툭툭 떨어지는 할머니께 뜸을 떠드리게 되었다. 마침 그분은 손발 냉증이 심해 고생한다면서 하소연을 하기에 동네 목욕탕에 1주일에 한 번씩은 꼭꼭 가시라고 말씀을 드렸다. 나도 뜸을 뜨지만 혈액순환을 위해서 일주일에 한두 번은 꼭 동네 목욕탕을 간다고 했다. 또 할아버지 한 분도 똑같은 말씀을 하기에 목욕탕을 권해드렸다. 뜸도 혈액순환을 좋게 하지만 목욕탕에 가는 것도 정말 좋은 방법이라고 하면서. 다시 그분들을 만나면 지금은 정갈하기도 하고 목욕탕 다닌 후에 많이 좋아졌다고 했다.

내게 하소연을 했던 여자 봉사자께도 이 이야기를 했더니 참 좋은 방법이라며 고개를 끄덕였다. 그들에게 얘기는 해주고 싶은데 마음을 다치지 않게 어떻게 이야기해야 하나 걱정이 태산이었단다.

냄새란 무엇일까, 향기란 무엇일까, 한동안 그 생각에 잠겨 있었다. 늙으면 냄새는 당연히 나게 마련이 아닌가. 이웃집 언니의 딸들이 그렇게도 좋아하던 고모에게서 이젠 할머니 냄새가 난다고 깜짝 놀라더라는 이야기를 들은 후에 나도 이제 할머니가 되었고 나 또한 늙어 가니 냄새가 날 것인데 걱정이 되었다. 우연히 김삿갓의 시를 읽는데 한 구절이 내 눈을 확 사로잡았다.

"낙화입실노처향落花入室老妻香"

꽃잎 떨어져 방에 들어오니 늙은 아내도 향기로워진다. 나는 감동으로 가슴이 다 먹먹하였다. 때는 봄날, 아름다운 꽃잎이 떨어지는 때였고 내가 늙은 아내이기 때문이리라.

떨어져서 나에게 온 꽃잎은 어떤 것이 있을까. 곰곰이 생각해 보았다. 뜸사랑이 아닐까 싶다. 뜸을 떠드리는 일이 나에게 떨어진 꽃잎과 같은 것이라 생각되었다. 이곳에 오는 분들이 비록 냄새나는 분들이어도 슬기롭게 대처해나가야겠다. 이곳을 오래오래 지키다 보면 늙은 아내인 나도 향기 나는 사람이 될 수도 있겠다.

봄바람이 내 귓불을 살랑 스쳐 지나가자 아카시 꽃잎이 떨어졌다. 나는 가던 길을 멈추고 떨어지는 꽃잎들을 가만히 손에 받아 그 향기를 맡았다.

무궁화 꽃이 피었습니다

　새벽부터 내리는 빗소리가 거칠었다. 8월 15일 광복절이었다. 두 돌 지난 손자가 강원도에 오기로 한 날이었는데 걱정이 되었다. 뒷문을 열어보았다. 마당가에 내리는 세찬 빗줄기. 호우주의보가 내렸다. 활짝 핀 봉숭아꽃과 맨드라미가 굵은 빗줄기를 맞으며 얼굴을 찡그리고 있었다. 그 모습이 애처로웠다. 그해 여름 더위가 극성이라 나는 며칠 강원도 어머니께 머물고 있었다. 여름이 끝나기 전에 물이 좋은 그곳 개울가에서 아이가 물장구치면서 놀면 얼마나 좋을까. 아쉽기만 했다.

거친 빗속을 뚫고 예정된 시간을 훨씬 넘겨서 드디어 손자가 도착했다. 빗속을 뚫고 외증조할머니를 뵈러 왔다니 고맙기만 했다. 그런데 비가 오니 시골에서 할 일이 없었다. 빗소리는 더욱 커졌다. 야속한 빗줄기를 살펴보려고 우연히 뒷문을 연 며느리가 활짝 피어 애처롭게 비 맞고 있는 봉숭아꽃을 보았다. 봉숭아 물을 들여야겠단다. 손자에게 노란 비옷을 입히고 아들네 세 식구가 뒷마당으로 나갔다. 아들은 우산을 받쳐주고 며느리와 손자, 두 모자는 봉숭아꽃을 땄다. 그 모습이 너무 예뻐서 나는 핸드폰 카메라로 사진을 찍느라 바빴다. 며느리가 봉숭아는 잎도 같이 넣어야 색깔이 예쁘게 든다며 아이에게 잎도 따주었다. 그런 것도 알고 있는 며느리가 기특했다. 봉숭아를 한 움큼 따서 손자가 방으로 들어왔다. 작은 나무 절구통을 주었더니 꽃과 잎사귀를 넣고 콩콩 찧었다. 하나의 놀이처럼 아이는 몰두해서 찧었다. 어머니가 어딘가 깊숙이 넣어두었던 백반을 꺼내주었다. 봉숭아꽃은 해마다 피었지만 몇 년 동안이나 이곳에 찾아와서 물들이는 사람은 없었다. 간혹 지나가는 여인들이 봉숭아꽃을 보고 가져가고 싶다고 하면 어머니는 한달음에 달려가 따서 주었다.

백반을 넣고 다 찧은 봉숭아를 손자의 엄지손톱과 나의 새끼손톱에 얹고 며느리가 랩으로 야무지게 싸주었다. 하는 폼이 나보다 나았다. 손자는 손톱을 꽁꽁 동여맨 채로 가만히 있었다. 비 오는 날 시골에선 할 일이 없었다. 텔레비전 어린이 프로그램을 틀어달라고 했는데 그것도 잘 안 나왔다. 지루해진 손자는 잠자리채를 집어 들고 처마 밑에 있는 나무 마루에 올라갔다. 잠자리채를 위로 아래로 움직여 보았다. 처마 밑 제비집에서 제비들이 고개를 빼꼼히 내밀고 내려다보고 있었다. 맑은 날이면 고추잠자리도 몇 마리 날아다닐 것이고 잡는 시늉이라도 해 보겠건만 아쉽기만 했다. 그러는 사이에 아이 손톱과 내 손톱에 봉숭아 물이 제법 빨갛게 예쁘게 들었다. 비는 그치지 않았다.

나는 손자의 손을 잡고 우산을 쓰고 산책길을 나섰다. 바로 앞에 있는 초등학교 운동장으로 갔다. 비가 많이 내리니 운동장은 흥건히 젖어 있었다. 어디 하나 발을 디딜 틈이 없었다. 갑자기 생각났다. 초등학교 시절 그때도 이때쯤 비가 많이 와서 온 마을이 물에 잠겼었다. 마을 사람들 모두가 초등학교 교실로 대피했다. 우리는 며칠 동안 그곳에서 잠을 자고 밥을 먹었다. 물이 빠지는 동안 어른들은 근심으로 밤을 지새웠는데 우리는 낮에만 보던 친구들과 밤에도 같이 놀 수 있어서 너무 좋았다. 그렇게 철없던 시절이었다. 텔레비전이 없던 시절 라디오 방송에서는 연일 우리 마을 수해 소식이 전파를 탔다. 며칠 지나자 물은 빠졌는데 마을은 폐허처럼 변해 있었다.

그때 그런 폐허 속에서 환하게 마을을 밝혀주는 것이 있었다. 무궁화 꽃이었다. 활짝 핀 무궁화가 황무지처럼 변한 우리 마을을 아름답게 수놓고 있었다. 우리 동네는 전쟁 중에 적군에게 빼앗겼다가 다시 찾은 수복지구다. 학교건 마을이건 무궁화 꽃이 많았다. 학교 앞 삼거리에는 수복기념 탑이 있었는데 "피 흘려 찾은 땅, 땀 흘려 건설하자"라는 글자가 쓰여 있었다. 제법 높게 쌓아진 그 탑 둘레에 도 무궁화 나무가 많았다. 폐허가 된 마을을 환하게 밝히며 피어 있 는 무궁화의 찬란한 빛. 나는 그때 희망을 보았던 것 같다. 우리 마 을이 다시 번창하고 우리가 잘 클 것이라는 그런 뭉클한 희망 같은 것.

어른들이 폐허 속에서 재건하면서 열심히 일하는 동안 우리는 "무 궁화 꽃이 피었습니다"라는 놀이를 수도 없이 하면서 뛰놀았다. 술 래인 한 아이가 뒤돌아서서 소리를 지르면 우리는 그 문장의 외침이 끝날 동안 술래에게 한 걸음씩 몰래 다가가는 놀이였다. 우리는 무 궁화 꽃이 피었다고 고래고래 소리를 지르며 놀았다. 우리의 그 목 청이 하늘 저 멀리 퍼져가도록.

손자와 같이 물이 철철 넘치는 운동장에 들어가지도 못하고 우물 쭈물하고 있을 때 조금 높게 자리 잡은 학교 정원에 환하게 피어 있 는 무궁화 꽃이 눈에 들어왔다. 우리 클 때는 지천으로 피어 있던 무 궁화 꽃, 요즘은 보기 힘든 꽃이 되었다. 손자와 무궁화 꽃 옆에서 사진을 찍었다. "무궁화, 무궁화 우리나라 꽃 삼천리강산에 우리나 라 꽃……." 손자에게 노래를 불러주었다. 그러나 손자는 아무 반응이 없었다. 아는 노래면 반응을 할 텐데 손자가 잘 모르는 노래였던 것 같았다. "무궁화 꽃이 피었습니다." 나도 모르게 이렇게 외쳤다. 손자가 빙그레 미소를 지었다. 그 말은 알고 있는 듯했다. 나는 신이 나서 몇 번이고 반복해서 외쳤다. 무궁화 꽃 옆에 서서 사진을 찍는 손자를 가만히 바라보았다. 손자 또한 어여쁜 무궁화였다.

오늘은 8월 15일, 무궁화 꽃이 피었습니다.

어떤 청첩장

　동창 모임 카톡방에 청첩장 하나가 올라왔다. 자신의 딸이 결혼식을 한다고 초등학교 동창생이 올린 거였다. 신부의 이름을 확인하는 순간 와락 눈시울이 뜨거워졌다.

　시골 초등학교 동창들이 나이가 들어가자 모임을 갖게 되었다. 몇몇이서 모이던 것을 넓게 확대했다는 말이 맞을 것이다. 한 학년에 한 반밖에 없었기에 1학년부터 6학년까지 우리는 함께 다녔다. 우리는 다달이 돈을 모았고 제주도로 환갑여행을 갔다. 그날 밤 친구들은 늦게까지 이야기꽃을 피웠다. 우리는 둥글게 둘러앉아 시간 가는 줄도 모르고 이런저런 이야기를 이어갔다. 소아마비를 앓아 다리가 조금 불편한 친구의 차례가 되었다. 친구는 택시를 운전하고 있었다.

"나는 다리가 불편하다는 이유로 부당한 대우를 받은 적이 참 많았어. 그런 경우를 당할 때면 울컥해서 정말 막살아 버릴까 생각한 적도 있었어. 근데 우리 친구들을 만나서 술 한 잔 하면서 그렇게 이야기를 하면 친구들이 그러면 안 된다고 말렸어. 내가 이만큼 잘 살아온 건 우리 친구들 덕분이야."

나는 괜스레 코끝이 찡해졌다. 친구는 후에 수술을 했고 지금은 별로 표시도 나지 않는다. 자신이 지금까지 잘 지내온 것도 친구들 덕으로 돌리는 친구가 참으로 멋져 보였다. 그 친구는 늦게까지 결혼하지 않았다. 어느 날 강원도 어머니께 갔더니 친구의 아버지가 매우 편찮으시다고 했다. 그런데 효성이 지극한 며느리가 시집와서 정성으로 시아버지 간병을 한다고 했다. 내 친구가 결혼한 사람은 남편과 사별하고 어린 두 딸을 키우고 있는 여인이었다. 우리 어머니는 그 며느리 칭찬을 많이 했다. 그렇게 늦게라도 결혼해서 아버지께 효도하는 내 친구도 칭찬을 했다. 나는 객지에 살면서 바쁘다는 핑계로 고향에 잘 가지 않았고 뜸하게 가끔 그렇게 동창 친구의 소식을 들었다.

밤은 더욱 깊어갔고 우리들의 이야기가 어느덧 자식들 이야기로 흘러갔다. 자식들이 몇 살인지 결혼을 했는지 서로 물었다. 그때 그 친구가 말했다. 딸 하나는 결혼을 했고 딸 하나는 아직 미혼이란다. 그런데 며칠 전에 딸 둘이 아버지께 할 이야기가 있다고 하더란다. 그리곤 자신들의 성을 아버지 성을 따라서 김 씨로 고치고 싶다고 말했단다. 친구가 우리들한테 그 이야기를 하는 모습이 정말 큰일을 성취한 사람처럼 보였다. 자랑스러웠다. 나는 갑자기 눈시울이 붉어지고 가슴이 칵 막혀왔다.

"너 정말 성공한 삶을 살았구나. 딸들 키우느라고 수고했다."

나도 모르게 감격해서 소리쳤다. 자신의 부모도 버리고 떠나려는 요즘 아이들이 자신들이 여태까지 가져왔던 자신의 성을 스스로 버리고 새아버지의 성으로 바꾸겠다고 말했다니 이런 일도 있구나 싶었다. 우리의 칭찬과 격려에 친구가 얼굴에 미소를 지었다. 그 행복하고 뿌듯해하던 모습이 오랫동안 마음에 남았다.

성을 바꾼다, 성을 간다는 것은 어떤 의미인가. 절대 일어날 수 없는 일이기에 우리는 어떤 말끝에 이 말을 쓴다. '이 말이 사실이 아니라면 내 성을 간다.' 한 왕조가 바뀌는 것을 역성혁명이라고 한다. 성이 다른 임금이 탄생한다는 뜻인데 덕이 있는 사람이 천명을 받아 새로운 왕조가 탄생하는 것을 말한다. 그만큼 어려운 일인 것이다. 친구의 딸들은 성을 바꾸기 위해 얼마나 많은 생각을 했을까. 하물며 결혼한 딸까지 그렇게 생각했다니 대단하게 느껴졌다. 내 친구는 살아오면서 거기에 대해 한 번도 말한 적이 없는데 딸들이 자진해서 그 말을 했다고 우리에게 자랑했다.

결혼식 날은 화창하고 좋은 가을 단풍이 무르익은 날이었다. 결혼식장에서도 나는 입구에 걸려 있는 혼주의 이름인 내 친구의 이름과 신부의 이름을 보면서 가슴이 먹먹했다. 그리고 기뻤다. 나만이 느끼는 기쁨이었다. 나는 일부러 신부대기실로 가서 아름다운 신부의 사진을 찍었다. 그리고 말했다. 참 아름답다고. 그리고 결혼을 축하한다고. 그리고 덧붙였다. 우리는 아빠 초등학교 친구입니다. 아빠는 어릴 때부터 참 반듯하고 훌륭했어요. 신부가 환하게 웃었다.

음악이 흐르고 신부의 아버지인 내 친구가 신부의 팔을 잡고 입장했다. 친구는 어제 늦도록 작은딸과 저 행진을 하기 위해 연습하고 또 연습했으리라. 우리 동창들은 환호성을 지르며 축하했다. 친구의 큰딸 아이들, 그러니까 친구의 손녀들이 옷에 커다란 리본을 달고 있었다. '울 이모 결혼해서 다행이야.' '이모부 은혜에 감사합니다.' '울 이모 행복해야 해.' 미소가 절로 나왔다. 착한 그들이 행복하길 빌었다.

초서

연일 불볕더위가 계속되고 있었다. 평일의 여름 산골은 조용하기만 한데 이곳도 더위는 피할 수 없었다. 폭염주의보까지 내려진 상태였다. 지루한 단조로움을 피하기 위해 숙제를 하기로 했다. 89세 서예 선생님의 마지막 전시회가 가을에 개최될 예정이기 때문이었다. 선생님은 국전지라는 큰 종이에 초서로 쓴 글씨를 내게 주셨다. 긴긴 여름날 시골 어머니께 와 있는 동안 나는 이곳에서 붓글씨를 쓰기로 마음먹었다.

예전에 내가 초등학생일 때 학생 경진 대회가 있었고 나는 글짓기

부로, 친구 혜경이는 붓글씨부로 대회에 나가곤 했다. 학교 공부시간에도 붓글씨 쓰는 시간이 있었다. 그때 집에는 군인용 담요가 있었다. 그것을 밑에 깔고 썼던 기억이 났다. 그 이후에도 명절 때마다 윷놀이도 하고 고스톱도 했기에 집에는 의례 군용담요가 있을 줄 알았다. 그런데 어머니께 여쭈었더니 집에 군용담요가 없단다. 내가 난감해하자 옆집 창고에 구멍이 나서 버릴 것 같은 군용담요가 있던데 하면서 그것을 돈을 조금 주고 사 오시겠단다. 어머니는 그것을 빨아서 뜨거운 여름 햇볕에 말렸다. 군용담요가 빨랫줄에 걸려 있는 것을 보니 아버지께서 들려주셨던 옛이야기가 생각났다.

아버지의 고향은 경상도이다. 아버지에게는 형님이 있었다. 경상도에서 나고 자란 큰아버지는 부사관으로 군 입대를 했고 강원도 부대로 배치를 받게 되었다. 군 복무를 하고 있을 때 고향 할아버지의 환갑이 되었다. 양반이지만 너무나 가난한 집안, 돈을 버는 사람은 군대에 있는 큰아버지가 유일했었다. 그런데 멀리 강원도 부대에 있는 상황이라 환갑잔치는 언감생심 꿈도 꾸지 못할 일이었다. 그래도 큰아버지는 상관에게 부모님이 환갑이고 시간도 돈도 좀 필요하다는 말을 했단다. 그런데 여의치 않았던 모양이었다. 효심이 큰 큰아버지는 군용담요 몇 개를 집어 들고 무작정 고향으로 길을 나섰다. 그 담요를 팔아서 겨우 동네 사람들을 모아 환갑잔치를 차렸고 무사히 잔치가 끝났을 때 곧바로 헌병들이 들이닥쳤다. 부대로 돌아간 큰아버지는 군용담요를 뒤집어쓰고 무수히 많은 군홧발을 맞았다고 했다. 정말 죽을 만큼 맞았단다.

나중에 큰아버지는 사업으로 크게 성공했다. 그 이유가 큰아버지의 효심 때문이라고 아버지는 항상 말했다. 큰아버지는 제재소를 크게 했다. 건설 붐을 타고 무수히 많은 공사가 있었기 때문에 트럭이나 자가용을 몇 대씩 가지고 있었고 산도 많았다. 산판이라고 했는데 나무도 많이 필요했기 때문이었다.

큰아버지는 동생인 우리 아버지도 강원도에 오게 했다. 그래서 나 또한 강원도에서 자라게 되었다. 아버지는 큰아버지의 깊은 효심에 대해서 항상 존경심을 가득 담아 우리에게 말했고 형님 말에 복종하면서 평생을 살았다. 언젠가 한 번은 산에 불이 났는데 그 불을 낸 사람이 잡혀가게 되었다. 그런데 그분은 이북이 고향인 분으로 큰아버지가 형님처럼 따르는 분이었다. 그분은 연세가 많아서 잡혀가면 고생이 심할 텐데 하면서 큰아버지가 걱정했는데 그 말을 듣고 우리 아버지가 자진해서 대신 잡혀갔다고 했다. 어머니는 그 일을 두고두고 한스러워했다. 어찌 동생에게 그렇게 할 수 있냐며 큰아버지를 원망했다.

작은 상을 펴고 그 위에 담요를 깔고 붓글씨를 쓰기 시작했다. 땀이 삐질삐질 나는 게 처음엔 짜증이 났다. 그런데 계속 쓰고 있으니 마음은 고요해지고 그 땀마저 시원하게 여겨졌다. 마음 저 깊은 곳에서 일어나는 뿌듯한 기쁨과 희열. 고요함 속에서 그런 감정을 느낄 수 있다니 정말로 신기한 경험이었다. "분주하면 추위를 이기고 고요하면 더위를 이긴다[조승한정승열躁勝寒靜勝熱]. 맑고 고요하면 천하를 다스릴 수 있다[청정위천하정淸靜爲天下正]." 《도덕경》에 나오는 글이라는데 옛사람들의 모든 글은 깊은 경험에서 나온 것임을 새삼 느꼈다.

"초서를 생각보다 잘 쓰네."

내가 써 온 글을 보고 서예 선생님이 말씀하셨다. 보기엔 반듯반듯한 글씨를 잘 쓸 것 같은데, 하신다.

"초서는 어떤 사람이 잘 쓰는데요?"

초서에는 자유로움과 멋스러움과 맛스러움이 흐른단다. 그래서 자유분방한 사람이 잘 쓴단다.

"어머나! 내 진짜 속마음은 그런가 보네요."

내가 웃으며 답했다. 나도 모르고 있었던 내 진짜 속마음은 정말 그런 것일지도 모르겠다.

아버지는 한량으로 전국을 누볐다. 신변잡기에 능하고 여인들과의 바람이 잘 날 없었다. 아버지는 자유를 갈망했다. 청소년 시절에 나는 혹시 그런 아버지를 닮았을까 봐 걱정했던 적이 있었다. 어른이 되어서 나는 전혀 그렇지 않다고 생각했는데 선생님의 말씀을 듣고 보니 아버지의 유전자가 내게 조금은 있는가 보다. 진작 나를 일찍 알았으면 멋스럽게 맛스럽게 살 수도 있었을 텐데 아쉽기만 하다.

정 떼기

딸이 이사를 가게 되었다. 딸은 신혼집에 특히 정이 많이 들었었다. 예비 신혼부부가 페인트도 직접 사다가 구석구석, 팔이 아프도록 칠했고 결국 몸살도 났었다. 갖가지 예쁘고 아름다운 전등도 사다가 여기저기 장식했다. 선반이며 수납장 붙박이장까지 하나하나 정성을 기울이지 않은 것이 없었다. 그런데 건설회사에 근무하는 사위는 이 집은 오래 살 집이 아니라는 판단을 했단다. 예쁘게 잘 꾸며 놓은 집이라 딸의 아쉬운 마음에도 불구하고 너무 쉽게 팔렸다.

이사하는 날 아침, 나는 강원도에서 올라오면서 딸이 이사를 잘하고 있나 걱정되어 전화를 했는데 도통 전화 연결이 되지 않았다. 무슨 일인가 싶어 터미널에서 택시를 타고 달려갔다. 딸이 핸드폰을 가방에 넣어놓아서 못 받은 거라고 했다. 그러면서 나를 엄청나게 반가워했다. 기대하지 않고 있었는데 내가 나타난 때문이었다.

나는 아이들을 키울 때 자상하게 붙어 있으며 이것저것을 챙겨주는 엄마가 아니었다. 자신의 일들을 자신들이 스스로 하게끔 하는 방임형 엄마였기에 우리 아이들은 무슨 일이든 혼자서 하는 것이 습관이 되었다. 고등학교 입시 준비생일 때 다녀야 할 학원까지 정해주는 여느 엄마들과 다르게 나는 너희들이 하고 싶은 대로 하라고 했는데 딸은 그때 참 난감했단다. 그런데 나중에 대학도 가고 사회생활을 하다 보니 많은 도움이 되었다고 했다. 무엇을 정하지 못해 언제나 갈팡질팡하는 친구들을 볼 때마다 우리 엄마가 나를 참 강하게 키웠구나 생각이 들었다고 했다. 그래서 이사하는 날도 내가 오리라고는 생각도 안 했는데 나타나니 참 좋았던 것 같았다.

집안에 가득 차 있던 짐이 다 나오고 집안은 휑하니 텅 빈 집이 되었다. 우리가 복도에서 기다리는 데도 딸은 한참 동안 집 안 구석구석을 다니며 그동안 고마웠다는 인사를 나누며 자신만의 시간을 보내고 있었다. 이곳저곳을 만지고 쓰다듬으며 아쉬워했다. 집을 나오는 딸의 눈가가 촉촉이 젖어 있었다.

우리 모두는 차에 올랐고 딸은 아무 말도 하지 않았다. 무슨 말을 하면 딸이 다시 눈물을 흘릴까 봐 우리 모두 가만히 있었다. 사위가 마무리 정산을 위해 부동산중개사무소에 들러야 한다며 잠깐만 차에서 기다리라고 했다. 그런데 아무리 기다려도 사위가 오지 않았다. 할 수 없이 딸이 부동산중개사무소에 올라갔다. 나만 혼자 차에 남게 되었다. 지루하게 기다리고 있는데 딸이 내게로 왔다. 집을 산 사람들이 짐을 다 꺼내놓고 보니 가구가 있던 한쪽 모퉁이에 곰팡이가 핀 것이 조금 보인다고 트집을 잡고 있다고 했다. 실랑이가 길어져서 그 후에도 한참을 기다렸다. 꽤 많은 시간이 흐른 후에 딸과 사위가 왔다. 조금 전까지 눈물을 흘리며 울다가 다시 또 시달린 탓인지 기진맥진한 딸의 얼굴이 안되어 보였다.

"그 집이 너랑 정 떼려고 그랬나 보다."

무심코 나도 모르게 말이 나왔다. 딸이 무슨 말인지 잘 모르겠다는 얼굴을 했다. 옛날 사람들은 누군가 이별을 할 때, 무슨 안 좋은 말이나 행동을 해서 언짢게 했는데 어른들은 그것이 정 떼는 거라더라. 나는 딸에게 설명을 해주었다. 아마도 이 집이 네가 이별을 너무 아쉬워하니까 계속 생각하고 그리워할까 봐 이제 그만 생각하라고 그런 것 같다. 딸은 그런 말이 다 있느냐고 재미있어 했다.

이웃 언니는 아들만 여럿 있는 집의 고명딸이고 막내딸이다 보니 아버지의 사랑이 남달랐다. 아버지가 하도 우리 막내딸이 제일 예쁘다고 해서 정말로 자신이 제일 예쁜 줄 알고 어린 시절을 보냈단다.

조카들이 장가를 가서 그 집안에 들어온 조카며느리들이 "아버님이 예쁜 고모 자랑을 엄청 해서 기대했는데 실제로 보니 아니네요."라고 말해서 자신이 예쁘지 않은 사람인 걸 나중에서야 알았단다. 장성하도록 아버지의 무릎에 앉아 밥을 먹었고 언제나 맛있는 것, 좋은 것은 아버지의 큰 사랑으로 모두 그 언니의 차지였다. 그런 아버지가 병들어 돌아가실 때가 되자 오빠들의 걱정이 이만저만이 아니었다. 결국 아버지가 돌아가시자 돌아가신 아버지가 누워 계신 그 방에 들여보내 주지도 않고 막내 여동생이 방에서 나오지도 못하게 오빠들이 감시했다. 아버지 없는 세상을 어찌 살겠나. 아마도 뒤따라 죽지 않을까 걱정들을 했다. 염도 끝나고 마지막 보낼 때 언니가 하도 울고불고 마지막으로라도 아버지를 보고 싶어 하니까 돌아가신 아버지가 누워 계신 방에 들어가도록 했다. 그런데 그 언니는 방에 들어가자마자 너무 놀랐다. 언니 표현에 의하면 아버지는 퉁퉁 부은 입술, 부푼 허연 얼굴, 시골에서 기르던 짐승, 딱 그 모습이었다. 그 자리에서 기절했는데 그 이후에 한 번도 아버지가 보고 싶거나 그립지 않았다. 사람들은 그 각별한 정을 떼기 위해 그렇게 보인 것이라는 말을 했단다.

한 노인이 물었다. 어떻게 하면 죽을 때 웃으며 죽을 수 있을까요? 스님이 답했다. 잘 물든 단풍은 봄꽃보다 예뻐요. 잘 늙으면 청춘보다 아름답지요. 봄꽃은 예쁘지만 떨어지면 지저분해서 주워가는 사람이 없어요. 그런데 곱게 물든 단풍은 주워다 책갈피에 꽂아 둡니다. 잘 늙으면 청춘보다 낫다는 이야기입니다.

그런데 잘 늙기 위해서는 욕심을 버려야 한단다. 사람들은 대부분 죽을 때 자는 듯이 갔으면 좋겠다는 말을 많이 하는데 그것은 너무 큰 욕심이라고 했다. 사람은 정을 떼고 가야 한다. 그렇게 자는 듯이 가면 가족들은 너무 충격이 크고 자식들은 효도하지 못한 것에 대한 후회가 많이 남아 그리워하게 되고 계속 울게 된다. 시신은 태우거나 썩어 버렸는데 가족들이 그립다고 계속 울게 되니 영혼이 가야 할 곳으로 올라가지를 못하고 무주고혼이 된다. 결국 영혼도 무주고혼이 되고 살아있는 사람도 힘든 상황이 되어버리는 것이다. 그래서 죽을 때 애를 조금 먹이는 게 좋단다. 그렇게 정을 떼는 것이다. 딱 3개월. 요즘 세상은 3개월 누워 있으면 딱 정이 떨어진단다. 그렇게 잠시 동안 아프고 죽는 것이 가족들과 정도 떼고 영혼은 더 좋은데 가기 위한 방법이라고 했다.

어른들의 정 떼는 이야기를 들으며 사람은 영물이라 이렇게 갈 때는 정을 떼는구나 생각했었다. 그런데 집도 이렇게 자신을 그리워할까 봐 정을 떼게 하는구나 생각하니 역시 그 집이 참 좋은 집이었나 보다 생각이 들었다.

비싼 것 그리고 새것

　신발장을 열었다가 우연히 목이 긴 빨간 등산화를 보았다. 15년 전에 산 것이었다. 그해 우리는 새해 다짐을 산에 가서 떠오르는 해를 보며 하기로 했다. 산행이 결정된 것이었다. 나는 등산을 싫어하니 원치 않았지만 모임에서 정했으니 어쩔 수 없이 동행해야 했다. 등산화도 없었기에 사야 했다. 등산화에 대해 아는 게 없는 나는 동료 교사였던 체육 선생님의 자문을 구해 꽤 좋다는, 값도 제법 나가는 등산화를 샀다. 산에서는 밝은 빛이 좋다며 빨간 빛을 권했다. 예쁘기도 하거니와 그렇게 비싼 신발을 처음 사 보았다. 그 후에 두세

번 정도 신었을 것이다. 그리고 신발장 가장 높은 곳에 고이고이 모셔져 있었다.

키 작은 나는 높은 곳에 있는 등산화까지는 눈높이도 가지 않았기에 늘 무심히 지나갔는데 그날은 어떻게 내 눈에 들어왔다. 추억이 생각나 발돋움을 하고 그 등산화를 꺼냈다. 그리곤 깜짝 놀랐다. 앞부분이 하마처럼 입을 벌리고 있었기 때문이었다. 자세히 살펴보니 바닥이 떨어져서 커다랗게 쩍 입을 벌리고 있는 형상이 되었다. 등산을 하지 않는 나에게 그 등산화는 항상 값비싸게 산 새것이라는 인식이 있었다. 그냥 버릴 수가 없었다. 아깝고 아까운 것이었으니까.

나는 그 등산화를 고이고이 싸서 서울 백화점에 가져갔다. 그리고 바닥을 갈아달라고 했다. 지금 생각하면 왜 그 점원은 조언을 해주지 않았을까 궁금해지곤 한다. 삼만 원을 주고 교체하고 그리고 또 고이고이 모셔 두었다.

얼마 전에 딸이 건강에 가장 좋은 것이 등산이라고 어디에선가 나왔다면서 신체에 부작용 없이 체온을 상승시키는 방법이 등산이고 몸에 필요한 풍부한 산소를 공급해주는 것도 등산이란다. 그래서 나에게 등산화를 사 준다고 했다. 나는 등산화가 있다고 했더니 의아해했다. 바닥이 갈라져서 분리된 것을 갈았다고 했더니 얼마나 된 것이냐고 다시 묻는다. 15년? 그랬더니 딸이 기함을 한다. 그것은 버려야 되는 거란다. 십 년이 넘는 세월 동안 기능이 좋아진 것들이 얼마나 많이 나왔는데 그 구닥다리를 거금을 주고 수선했다는 것에 정말 이해가 안 된다고 했다. 딸의 말을 듣고서야 나는 정신이 들었다. 그렇구나. 쓰지 않고 있었어도 바닥이 분리되어 떨어질 정도인데 그 낡은 것을 나는 왜 새것이라고 생각했을까. 나는 나의 고정관념에 적잖이 실망했다. 내가 얼마나 막혀 있는 고리타분한 사람인가를 인식하는 계기가 되었다.

　어머니가 친구처럼 말벗으로 지내던 이웃 할머니가 돌아가셨다. 그 후에 어머니는 집안에 쓰지 않는 물건들을 다 버리기 시작했다. 그 할머니가 돌아가신 후 쏟아져 나오는 물건이 어찌나 많은지 깜짝 놀랐다고 했다. 당시 강원도 시골 어머니 댁에는 우리가 서울 살 때 쓰던 공기청정기가 가 있었다. 넓은 데 살다가 좁은 집으로 이사를 하려니 짐이 이곳저곳으로 흩어지게 된 것이었다. 어머니는 몇 년째 쓰지 않고 방 안에 있던 그 공기청정기도 고물 장수가 오면 준다고 밖에 내놓았다. 그런데 시골집에 다니러 온 남편이 그것을 보고 얼른 다시 집 안으로 가지고 들어갔단다. 그 이야기를 듣고 나는 그날 절망을 느꼈다. 그 공기청정기는 구형 모델이라 필터를 구할 수도 없다. 남편에게는 그 공기청정기가 별로 쓰지 않은 새것이고 비싼 것이었다.

　남편에게 내 등산화 이야기를 해주면서 내가 이렇게 둔하게 사는 것에 절망했다고, 당신은 안 그런 줄 알았는데 한술 더 뜬다고, 실망스럽다고 했다. 내 말을 듣고 남편도 다시 인식이 된 모양이었다. 내가 딸의 말을 듣고 인식이 되었던 것처럼.

그날 밤 나는 신발장을 정리했다. 예쁘지만 발이 아파서 신지 못하는 내 신발들을 모조리 버렸다. 나에겐 비싼 것 그리고 새것이었지만 세월이 흐를 대로 흐른 것들이었다. 넓적해지고 두툼해진 내 발에는 신을 수조차 없는 이미 구닥다리가 된 것들이었다.

내 머리 속에는 구닥다리가 없을까. 이것보다 더 오래되었지만 비싸고 새것이라 생각하는 것이 수두룩할 것이다.

눈에 보이는 것

그녀의 화사한 모습이 내 눈을 사로잡았다. 저절로 그녀에게로 눈길이 갔다. 그녀에게 말을 걸지 않을 수 없었다.

"언니 오늘 참 이쁘네요."

"응, 우리 딸이 나 입으라고 사줬어."

그녀가 함박웃음을 지으며 행복해했다. 세상에나! 나는 깜짝 놀랐다. 그녀의 딸이 그렇게나 잘하다니 가슴이 다 벌렁거렸다. 언젠가 본 그녀의 모습 때문이었다.

고향 마을엔 일 년에 한 번 큰 행사를 한다. 초등학교 총동문회 체육대회를 하는데 전국 각지에서 졸업생들과 그 가족들이 모인다. 마을 부녀회에서는 돼지도 한 마리 잡고 많은 음식을 준비한다. 기수별로 대항 경기를 하고 노래자랑도 하고 푸짐한 상품을 준다. 환갑을 맞는 졸업생들에겐 잔칫상도 차려준다. 환갑상을 받은 졸업생들은 돈을 모아 학교에 수백만 원 장학금도 낸다. 그야말로 마을 큰잔치다.

그런데 음식이 있으면 술도 있게 마련. 술 취한 분들이 가끔 생긴다. 이 언니가 그랬다. 평상시엔 말도 별로 없고 있는 듯 없는 듯한 언니였는데 술이 과하자 난리가 났다. 자신의 말을 들어주지 않는다고 고성을 지르더니 막무가내로 옷을 벗기 시작했다. 겉옷을 다 벗고 속옷까지 벗었다. 여자들이 빙 둘러서서 가려주지만 역부족이었다. 남자들과 아이들은 슬금슬금 자리를 피하고 나이 드신 몇 분이 담요를 덮어 질질 끌다시피 데리고 갔다. 지난해에 이어 이번 해에도 그녀의 똑같은 행동이 반복되자 나는 그녀에게 마음을 접었다. 어른이 어른다워야지…… 그러면 안 될 것 같았다. 그 이후 나는 그녀가 먼발치에서 보이면 냅다 도망을 갔다. 그녀의 눈에 띄지 않도록 조심했다. 말하고 싶지 않았다.

그런데 오늘 그녀의 어여쁜 모습에 내 마음이 무너지고 그만 말을 걸고 말았다. 그리고 놀랐다. 그녀의 아들딸들도 그녀의 그런 소문을 이미 들어서 알고 있었을 텐데 그들은 무시하지 않고 엄마를 다

독거리고 아껴주는 것 같았다. 사실 그녀는 말도 좀 어눌하고 조금 부족한 듯해 보였었다. 그녀의 어머니가 말하길 그녀가 시집가기 전에는 이 정도는 아니었다고 했다. 비록 말이 좀 어눌했지만 괜찮았단다. 그런데 시집간 이후에 그녀는 무수히 많은 매를 맞았다. 시어머니에게 남편에게. 바보라고 하면서. 그래서 그녀의 상태가 더욱 나빠진 것이란다.

그녀의 그런 사연을 알면서도 학교 운동장에서 벌거벗고 누워서 괴성을 지르던 그 모습을 본 이후 나는 마음의 문을 닫았었다. 그런데 자식들이 잘한다는 그 말을 들은 후 나는 그 언니에게 잘해야겠다고 나는 다시 마음먹었다. 나는 왜 이렇게 눈에 보이는 것에 약할까.

꽃무늬 원피스를 입고 머리도 얼굴도 이쁘게 가꾼 언니 모습은 고왔다. 언니는 원래 꾸밀 줄 모르는 사람이었다. 시골의 모든 아녀자들이 그러하듯이. 그런데 딸이 예쁜 원피스를 사다주니 마음이 바뀌었나 보다. 머리도 얼굴도 곱게 다듬은 모습이었다. 언젠가 들었던 말이 생각났다.

우울하게 사는 한 여인이 있었다. 어느 날 그녀는 꽃다발 하나를 선물로 받았다. 빈 병 하나에 그 꽃들을 꽂고 그녀는 무심코 화장대 거울 앞에 갖다 놓았다. 환하게 피어 있는 꽃. 그 꽃을 바라보다가 그녀는 닦지 않아 뿌옇게 되어 있는 거울을 보았다. 거울을 닦았다.

그 이후엔 화장대 주위에 뽀얗게 쌓인 먼지가 눈에 들어왔다. 화장대 주변의 먼지를 닦았다. 그 이후엔 방을 치우게 되었다. 그리고 거실을 치우게 되었다. 그러자 어느 순간 거울에 비친 자신의 모습이 눈에 들어왔다. 그녀는 자신의 얼굴에 화장을 하고 이쁜 옷을 꺼내 입었다. 그녀의 놀라운 변화는 꽃다발 하나에서 시작되었다고 했다. 나는 고향 언니의 변화는 딸이 사다준 화사한 원피스에서 시작되었다고 생각했다. 그녀의 모습이 눈부시게 고왔다. 나는 언니를 칭찬해 주고 손도 마주 잡아주었다. 나는 왜 이렇게 눈에 보이는 것에 약한 사람일까. 내면의 아픔을 어루만져 주는 사람은 왜 안 될까 반성도 하면서.

그러다가 문득 생각했다. 나도 우리 어머니께 잘해야겠구나. 어머니께 더 자주 가 봐야겠구나. 언니의 딸을 나는 본 적이 없다. 그런데 그 딸이 언니에게 잘한다는 사실을 안 이후에 내가 언니에게 잘 대해야겠다는 생각이 들었다. 그렇다면 우리 어머니도 마찬가지가 아닐까. 나를 본 사람이 없어도 딸이 잘한다, 딸이 자주 간다, 그 말만 듣고도 사람들이 우리 어머니를 무시하지 않을 것이란 생각이 들었다.

어머니를 모시고 온천에 갔다. 어머니는 물 폭포 맞는 것을 좋아한다. 물이 사방으로 튀었다. 주변에 있는 여인들이 어머니께 잔소리를 했다. 그러다가 옆에 내가 있으면 아무런 말도 하지 못했다. 혼자

오는 할머니는 혼내야 하는 대상이고 딸과 같이 오는 할머니는 부러움의 대상이 된다는 것을 느낄 수 있었다. 수많은 시간 나도 그렇게 했을 것이다.

언제쯤이나 보이지 않는 것까지 꿰뚫어 볼 수 있는, 그런 지혜를 가지는 사람이 될까. 왜 나는 눈에 보이는 것에 약할까.

엄마 없네

아기가 그림을 보면서 "꽃"이라고 말하면 주변에 향기로운 꽃향기가 퍼졌고 아기가 "나비"라고 말하면 내 눈엔 아름다운 나비가 폴폴 날았다. "새"하고 말하면 내 마음은 멀리 멀리 창공을 날아 새파란 하늘을 볼 수 있었다. 그렇게 아기가 단어 하나씩을 말할 때마다 그 말을 듣는 순간 나는 기쁨으로 숨이 넘어갈 지경이었다. 그러던 어느 날 드디어 아기가 한 문장을 말하기 시작했다고 며느리가 자랑했다.

"엄마 없네."

아이가 한 그 첫 문장이 하필이면 엄마가 없다는 말이었단다. 직장에 다니는 며느리는 슬퍼졌단다. 엄마가 직장 가고 없으니 아이가 한 말이란다. 괜히 불쌍하고 아기도 며느리도 안타까웠다.

손자를 봐주는 이웃 언니는 아기가 할머니랑만 있을 때보다 엄마가 있을 때 훨씬 까르르 잘 웃고 신나게 잘 노는 것을 알게 되었다고 했다. 또 다른 언니가 말하길 자신이 친정에 다니러 간 사이에 딸이 배가 많이 아프다고 했는데 병원에 가라고 해도 엄마가 오면 가겠다고 해서 나중에 갔더니 맹장이 터져서 고생을 이루 말할 수 없이 많이 했다고 한다. 이렇게 엄마가 잠시 동안 없어도 아이들 느낌은 다르다.

초등학교 때 나와 가장 친했던 친구의 어머니는 대단했다. 대부분의 시골 엄마들은 농사일에 치여 우리들의 공부에 관심이 없었다. 그런데 그 친구의 엄마는 그렇지 않았다. 매일 숙제를 봐주고 예습 복습을 시켰다. 어느 날 학교에서 시험을 봤다. 우리는 대강 보고 나왔다. 시험 점수 같은 건 안중에도 없었다. 시험은 빨리, 대충 보고 운동장에 나가 노는 게 급선무였다. 그런데 그 친구는 오래도록 나오지 않았다. 우리가 한참 놀다 교실에 갔더니 종이 울릴 때까지 답안지를 부둥켜 잡고 울고 있었다. 이걸 틀리면 엄마한테 혼난다는 거였다. 그 친구의 아버지는 군인이었고 의사는 아니었지만 의무대에 근무하고 있었다. 어느 날 아침 동네가 발칵 뒤집혔다. 내 친구의 엄마가 갑자기 세상을 떴다고 했다. 감기가 심하게 걸려 아버지가 페니실린을 주었는데 쇼크가 와서 갑자기 벌어진 일이라 했다. 그 이후 친구의 삶은 바뀌었다. 그 애 아버지는 몇 번이나 여자를 데리고 왔는데 여자들이 자꾸만 가 버렸다. 새엄마가 왔어도 추운 겨울날 개울가에서 빨래하는 친구의 모습을 우리는 먼발치에서 보곤 했다. 친구는 우리와 놀지도 않았다. 말이 없었고 얼마 후 이사를 가서 영영 소식이 끊겼다. 그 아이를 생각할 때마다 엄마가 없다는 것에 대한 생각을 했다. 그 영향이었을까. 나는 어려서부터 늘 걱정을 하면서 컸다. 엄마가 없으면 어떡하나.

강원도 어머니께 가서 하룻밤을 지내게 되었다. 밤이 깊었다. 어머니는 옆에서 잠이 들었고 나는 텔레비전을 보고 있었다. 갑자기 무언가 병이 부딪치는 소리가 들렸다. 잘못 들은 것이라 생각하고 무시했다. 한 5분쯤 지났을까. 다시 소리가 들렸다. 일어나 거실 불을 켜고 나갔다. 냉장고 뒤에 시커먼 물체가 있었다. 소름이 쫙 돋았다. 불을 켰다. 시계가 밤 12시 10분을 가리키고 있었다. 커다란 물체가 앞으로 쓱 나왔다. 동네에서 본 적이 있는 청년이었다. 청년은 눈에 뜨이는 미남이었다. 나는 유명한 배우 같다고, 잘생긴 사람은 축복받은 것이니 좋은 일을 많이 해야겠다는 농담을 그 청년에게 하곤 했었다. 그날 그 밤 그 청년은 술이 잔뜩 취해 있었고 창문은 열려 있었고 운동화는 문밖에 있었다. 그 아이는 잘못했다고 빌었다.

나는 덩치 큰 그 청년이 무서워졌다. 얼른 문을 열어주면서 그냥 가기만 하면 된다고 달래서 내보냈다. 부슬부슬 비가 내리는 스산하게 추운 봄날이었다. 감기 걸린다고 운동화도 잘 신고 가라고 다독여주었다. 그다음 날 앞집에 가서 그 이야기를 했다. 아이는 고3 학생이라고 했다. 그런데 보호관찰중이라고 했다. 벌써 어딘가에서 무슨 일인가 죄를 지은 상태라 만약에 우리가 신고를 했다면 아이는 꼼짝없이 교도소에 가야만 한다. 그 아이의 아버지가 마침 옆집에 와 있다고 해서 가서 만났다. 그 아버지는 죄송하다고 하면서 "내가 죽어야지." 했다. 말하는 내가 괜히 미안해졌다. 눈물 고이는 아버지를 보니 부모가 무슨 잘못인가 싶었다. 신고는 하지 않을 터이니 아이를 잘 보살펴달라고 했다.

　나중에 어머니의 말을 들으니 언젠가 한 번 그 고3 아이가 술이 취해서 "우리 엄마 있는 곳 좀 알려주세요." 했단다. 나는 깜짝 놀랐다. 그 아이는 엄마가 가출을 하고 없는 상태였다. 엄마가 없는 아이였구나. 안쓰러워 가슴 아팠다. 더구나 엄마 없는 아이를 어떻게 신고를 하겠는가.

　나는 매 주말마다 강원도에 어머니를 뵈러 간다.

　엄마가 잠깐 없는 것과 영영 내 곁에 없는 것은 많이 다를 것이다
　"엄마 정말 없네,"
　내가 이렇게 말할 때도 오겠지. 어머니 돌아가시면 나는 산소나 납

골당에는 뵈러 가지 않으련다. 살아계실 때 한 번 더 가련다. 이런 마음으로 열심히 간다.

별의 나라

캬라멜 고개를 넘어가는데 천문대라는 표지판이 보였다. 아폴로 박사로 유명한 조경철 박사는 수많은 곳을 다니며 별을 관찰했는데 별이 가장 선명하고 아름답게 보이는 곳이 이 광덕산 정상이었다. 맑은 날이면 맨눈으로도 은하수를 볼 수 있는 곳, 그래서 생전에 이곳에 와서 늘 하늘의 별을 보곤 했단다. 휴전선까지 약 20㎞밖에 되지 않는 곳, 맑은 날이면 북녘땅이 보이는 곳. 해방 후 혼자 남한에 온 조 박사는 고향 땅이 보이는 이곳을 참 좋아했다.

나는 그곳 천문대에 얼른 달려가고 싶은 마음이 굴뚝 같았지만 산

속으로 한참을 가야 된다고 하니 운전을 못하는 나는 엄두가 나지 않았다. 평상시엔 늘 잊고 있다가 고갯마루에서 그 이정표를 보는 순간이면 불현듯 가고 싶은 마음이 불꽃처럼 일곤 했다. 언젠가 저 곳에 가야 할 텐데 생각만 했다.

어느 날 막냇동생이 고향 집에 왔기에 어머니를 모시고 천문대에 가자고 했다. 그날 밤은 슈퍼문도 뜬다고 방송에서 난리였다. 마침 절호의 기회이니 어머니께 슈퍼문도 아름다운 별도 구경시켜 드리자고 했더니 막냇동생도 흔쾌히 응했다. 산길은 굽이굽이 많이 굽었고 길도 생각보다 무척 좁았다. 초행길이라 펜션 같은 데 잘못 들어가 길을 묻느라 시간이 지체되기도 했다.

천문대 가까이 왔다 싶었는데 갑자기 길이 포장도로에서 비포장도로로 바뀌어 시간은 다시 지체되고 차는 덜컹거렸다. 그곳은 백두대간의 추가령에서 갈라져서 남쪽으로 한강과 임진강에 이르는 산줄기, 한북정맥의 지류인 지점이란다. 그래서 그 지류를 끊지 않기 위해서 포장을 하지 않은 것이란다. 국토를 사랑하는 그 작은 배려가 고마웠다. 일제 강점기 시절엔 우리 국토의 맥을 끊기 위해 산에 쇠 막대를 일부러 박기도 했다는 말을 들었기 때문이었다.

드디어 산속에 웅장한 천문대가 보였다. 금방 어둑해지기 시작했고 별들이 보이기 시작했다. 어두운 하늘에 무수히 많은 별들이 반짝였다. 닿을 수 없었던 미지의 세계 같던 그 별들이 바로 앞에 손에

잡힐 듯 있어서 가슴 떨렸다. 별들은 마치 반짝이는 보석 같았다. 내가 힘들 때마다 꺼내 보던 아름다운 추억처럼. 문득 까만 어둠은 지난 세월, 힘들었던 시절처럼 생각되었다. 사람에게는 누구나 힘든 시절도 있고 별처럼 반짝이는 시절도 있다. 별 같이 빛나는 아름답고 귀한 추억, 그 기억이 있었기 때문에 사람들은 힘들고 긴 밤의 터널을 꿋꿋이 잘 걸어 나올 수 있으리라. 어둠이 짙을수록 별은 더 아름다운 법. 밤하늘의 아름다운 별을 바라보니 어둠마저도 포근해 보였다.

그때였다. 주변이 갑자기 환해졌다. 한쪽 하늘에 커다란 달이 둥실 떠올랐다. 놀라울 정도로 환하고 커 보여서 왜 슈퍼문이라 하는지 저절로 느낌이 왔다. 우리 모두 탄성을 질렀는데 나는 어머니의 탄성이 가장 마음에 와닿았다. 세상에 무수히 많은 달을 보아온 어머니가 커다랗게 떠오르는 달을 보고 정말 놀라서 탄성을 질렀고 손뼉을 쳤다. 그 모습이 소녀 같아서 나는 너무 좋았다. 나는 문득 힘든 가운데 오늘날까지 잘 견뎌온 어머니가 슈퍼문이라는 생각을 했다. 세상의 많은 별들을 보듬어 안고 떠 있는 슈퍼문. 바로 내 어머니였다.

내려갈 시간이 다가왔다. 아쉬움에 천문대 주변을 한 바퀴 죽 둘러보았다. 어떤 한 방향에서 저 아래쪽 산골 마을의 불빛이 보였다. 작은 시골 마을이었다. 마치 하늘에서 반짝이는 별들이 그곳 조그만

땅으로 모두 쏟아져 내린 것 같았다. 아름다운 별은 땅에도 있구나! 우리를 위해서 배려해주고 집 지키고 있는 식구들이 생각났다. 지나간 아름다운 추억들이 별이 되어 빛나고 있는 것처럼 땅 위의 저 별처럼 현재 별이 되어 보석처럼 빛나고 있는 것은 고향 마을을 지키고 있는 사람들일 것도 같았다.

어둡지만 저 아래는 캬라멜 고개일 것이다. 수십 년 전 내 고향 친구는 취업을 하자마자 중학교를 걸어 다니는 동생을 위해 자전거를 샀다. 그러나 자전거를 버스에 실어주지 않아서 아침 8시에 서울에서 출발해 자전거를 밀고 올라가고 끌고 저 고개를 내려오느라 저녁 6시에 도착했다지. 그런 친구가 있는 고향 마을. 그 속에 있는 고향 사람들도 빛나는 별이라고 생각했다.

하늘의 별을 잘 보려면 달이 없는 날이어야 한단다. 그래야 밤하늘은 더 어둡고 별은 더욱 빛을 발하기 때문이다. 그러나 그날 밤 환히 빛나는 별을 포근히 돌보는 슈퍼문을 보았고 하늘에 있는 별 만큼 땅에 있는 별들을 생각하면서 산길을 내려왔다. 별의 나라는 하늘에도 있었고, 그리고 우리가 살고 있는 마을에도 있었다.

플루스 울트라

　그녀는 대금을 입에 살짝 댔다. 왼손이었다. 그녀의 핏기 없는 하얀 오른손은 힘없이 축 처져서 치마 위에 툭 떨어져 있었다. 나는 괜히 슬퍼졌다. 그러나 다음 순간 그녀의 숨결을 따라 길게 쭉 뻗어나가는 굵은 선율. 맑고 높은 음에는 힘이 있었다. 가냘프지 않아 좋았다. 청아한 울림에는 약간의 슬픔도 있었으나 아름답고 화려한 기교가 슬픔을 넘어 저절로 환한 미소를 짓게 했다. 산속에 하얀 안개가 피어오르는 모습이 떠올라 저절로 마음이 시리며 눈물이 살짝 고이다가 시원한 높은 음이 산을 넘고 하늘까지 닿아가니 내 가슴이 뻥 뚫렸다. 정말 멋진 소리였다. 세워놓은 받침대에 올려놓은 대금 끝자락. 왼손만을 사용해 대금을 연주하는 그녀의 모습을 볼 때 처음엔 마음이 아련해지고 촉촉해졌었다. 그런데 그 청아하고 당당한 소리가 강당을 뚫고 검은 창공을 멀리멀리 날아 올라가자 그녀의 모습은 눈이 부실 정도로 아름다웠다.

촉망받는 젊은 국악인이었던 그녀가 사고로 한쪽 팔을 못 쓰게 되자 많은 사람들은 이제 그녀의 연주 인생이 끝났다고 생각했다. 더 나아갈 수 있는 길은 없다고 생각했다. 두 손을 사용하는 대금 연주를 어떻게 한 손으로 할 수 있겠냐고 하면서. 그러나 스승만은 희망의 끈을 놓지 않고 격려를 해주었다. 일어나기만 해 다오. 어떻게든 연주할 수 있게 해주겠다. 그 스승은 제자를 위해 한 손으로 연주할 수 있는 대금을 만들었다. 그녀의 피나는 연습은 시작되었고 드디어 이제 수많은 청중 앞에서도 울지 않고 연주하게 된 것이다.

여행지에서 들었던 헤라클레스의 기둥이 생각났다. 플루스 울트라(Plus Ultra). 그리스 로마 시대 사람들은 헤라클레스의 기둥이라는 신화를 만들었고 이베리아반도의 끝은 세계의 끝이라고 생각했다. 지동설이 우세하던 시절이었다. 그 사람들은 그곳, 지브롤터해협 밖으로 항해자와 선박이 나가서는 안 된다는 생각을 가지고 있었다. 그래서 더 이상 나가지 말라(Non Plus Ultra)라고 경고의 메시지를 삼았고 그 이상 멀리 나아갈 생각은 하지도 않았다. 그러나 어린 카를 5

세를 가르치던 스승은 보다 더 멀리 나아가야 한다고 가르쳤다. 그래서 카를 5세는 나중에 Non을 떼고 "플루스 울트라", 보다 더 멀리 나아가라를 그의 구호로 정했다. 그래서 스페인은 멀리까지 나아가 전 세계의 넓은 영토를 가질 수 있었다.

나는 한 손으로 대금을 연주하는 그녀가 플루스 울트라를 행한 사람, 보다 더 멀리 나아간 사람이라고 생각했다. 연주가 끝나자 우리 모두 우레와 같은 박수로 그녀를 격려했다. 그녀도 훌륭하고 그녀에게 한 손으로 하는 대금을 만들어주고 새로 음악을 가르친 그 스승에게도 절로 고개가 숙여졌다. 모처럼 듣는 국악 공연이 이렇게 좋을 줄 몰랐다. 같이 온 지인들도 그런 이야기를 했다.

우리는 왜 우리의 소리를 이렇게 모르고 살까. 우연히 오행에 대한 도표를 보았더니 오색도 있고 오미도 있고 오음도 있었다. 오색은 청색, 적색, 황색, 백색, 흑색이고 오미는 신맛, 쓴맛, 단맛, 매운맛, 짠맛이고 오음은 각치궁상우라고 적혀 있었다. 중학교 음악시간 시험 볼 때 궁상각치우라고 외웠다. 그런데 그 음이 어떤 음인지 나는 모르겠다. 피아노가 있으면 나는 도레미파솔라시도는 칠 수 있다. 그런데 궁상각치우는 칠 수 없다. 어떤 음인지 감도 잡히지 않는다. 그런 내가 한심하다는 생각이 들었다. 초등학교 중학교에 있는 피아노처럼 우리 전통악기도 모든 학교에 있어서 어린 시절부터 궁상각치우를 누구나 칠 수 있어야 한다고 나는 주장하고 싶다.

종묘제례악 설명을 들었다. 종묘에서 제사를 지낼 때 처음에는 중국 음악으로 제사를 지냈다. 세종대왕께서 조상들이 살아계실 때 듣던 음악은 우리 음악인데 왜 돌아가셔서는 중국 음악을 들어야 하느냐고 우리 음악으로 새로 만들라고 해서 우리의 종묘제례악이 만들어졌다. 종묘제례악은 지금 세계문화유산의 하나가 되었다.

요즘 한류가 전 세계로 뻗어 나가고 있다. 제주공항에서 만난 히잡을 쓴 사우디아라비아 여인은 한국 드라마를 보고 한국을 왔다고 했다. 외손 연주를 하는 그녀의 연주를 듣고 감동을 받은 그녀의 지인은 동시통역사이다. 그녀가 외국인을 위해서 하는 공연에는 요청만 한다면 어디든지 가서 통역을 해주겠다고 했다. 이제 외손 대금 연주자가 된 그녀의 대금 소리가 한류가 되어 멀리멀리 뻗어 나가리라 생각했다. 플루스 울트라.

터키석 귀걸이

내가 하고 있는 파란색 귀걸이가 참 예쁘다며 언니가 감탄사를 터트렸다. 예전의 나였으면 신이 나서 터키석은 성공과 번영을 가져오고 위험과 불행을 막아주는 보석이라며 어디에서 샀고 가격은 얼마고 하면서 터키 여행에 대한 이야기를 쏟아 놓았을 것이다. 그러나 그날 나는 그러지 못했다. 그저 고개만 끄덕이며 희미하게 웃었다.

이스탄불은 거대하고 아름다웠다. 동서양을 아우르는 문화, 그 속에 사는 사람들은 친절하고 늘 미소가 환했다. 파란색 벽화가 있는 성당, 파란색 지붕이 있는 모스크, 기하학적 무늬의 파란색 스카프,

파란 하늘, 파란 바다, 그리고 파란색 보석.

우리를 안내하던 20대 가이드는 총명했다. 해박한 지식을 동원하여 그리스 · 로마신화를 넘나들었고 십자군 전쟁, 오스만 제국의 이야기 그리고 우리나라와 터키에 얽힌 이야기를 해주었다. 터키는 6 · 25 때 참전국이고 많은 희생자를 낸 나라다. 그런데 한국인들은 그 사실을 잘 모르고 있어서 터키 사람들은 속상해 했다. 2002년 월드컵 대회에서 한국 주심이 오심 판정을 하는 바람에 터키는 결승행이 좌절되었다. 터키는 반한감정으로 온 나라가 들끓었다. 그런데 터키와 한국과의 3 · 4위전이 진행되었을 때 터키 국민들은 깜짝 놀랐다. 한국의 붉은악마 응원단들이 태극기보다 훨씬 큰 대형 터키 국기를 펼치고 터키와 한국을 같이 응원했기 때문이었다. 그 감동적인 장면은 지금까지도 월드컵에서 가장 아름다운 장면으로 꼽힌다. 당시의 터키 국민들의 감동은 실로 대단했다. 태극기보다 큰 터키 국기가 응원석에 펼쳐져 있는 사진을 가이드가 보여주었다. 코가 찡해졌다.

가이드의 설명은 이어졌고 시리아 난민에 대한 이야기를 했다. 터키는 시리아 난민을 받아들인 나라이다. 가끔 길거리에서 구걸하는 그들을 만나지만 절대 돈을 주지 않는다고 했다. 터키는 일할 곳이 많은데 그들은 일을 할 생각을 안 한다고 하면서 구걸하는 그들이 영 마음에 들지 않는다고 했다. 붉은 악마 응원단들의 대형 터키 국기 이야기를 감동으로 들은 탓일까, 나는 가이드의 생각이 옳다고 여겼다.

터키는 넓었고 곳곳에 명승지가 널려 있었다. 카파토키아의 기괴한 바위 모습이 퍽 인상적이었다. 버섯마을이라 불리는 곳은 벨기에 작가가 영감을 받은 곳이다. 그는 《개구쟁이 스머프》라는 작품을 썼고 스머프들이 사는 집의 모양을 카파토키아의 버섯 모양의 바위로 그렸다. 역시 작가는 여행을 많이 다녀야 하는구나 생각하면서 내가 그 작가보다 더 일찍 이곳에 오지 않은 것에 배가 아팠다.

여행의 막바지에 이르렀을 때 우리는 점심을 먹으러 줄지어 가고 있었다. 식당 앞문에 임신한 한 여인이 사내아이와 함께 우리 일행들에게 손을 내밀고 있었다. 나를 비롯한 몇몇은 화장실이 급해서 앞문으로 가지 못하고 옆 골목으로 들어가는 바람에 그 여인과 마주치지는 않았다. 화장실에서는 식당 안으로 바로 들어가게 연결이 되어 있었기 때문이었다.

그날 저녁 우리를 앞에서 인도하던 가이드는 신호등이 바뀌기 전에 횡단보도를 건너야 된다며 우리를 재촉했다. 허겁지겁 달려가야만 했다. 갑자기 옆에서 걷던 한 사람이 발걸음을 멈추었다.

"어머나. 나이 어린 애들이잖아,"

"쓰레기 봉지를 뒤져서 음식을 먹고 있어. 어쩜 저런……."

누군가의 외침 소리에 힐끗 보긴 했지만 걸음을 멈출 수는 없었다.

가이드가 횡단보도 하얀 선 위에 서서 빨리 오라고 소리치면서 우리를 부르고 있었기 때문이었다. 그러나 몇 사람은 멈추었고 다음 신호에 건너왔다. 우리는 기다렸고 그녀는 아이들을 보고 도저히 그냥 올 수가 없었다고 했다. 우리나라가 얼마나 잘 사는 나라인지 이곳에 와서 새삼 느끼고 감사기도도 했단다. 나는 왜 멈추지 못했을까. 후회가 밀려왔다. 20대 남자 가이드가 무엇을 알겠는가? 배부른 이방의 여인이 아이를 데리고 타국에 와서 할 수 있는 일이 없었을 것이고 나이 어린 아이들도 할 수 있는 일이 없었을 것이다.

터키 여행을 마치고 이스탄불공항에서 남은 터키 돈을 꺼냈다. 70리나 정도가 남아있었다. 200을 곱하면 된다 했으니 우리 돈으로 따지면 일만사천 원 정도의 돈이다. 이 돈을 그들에게 썼으면 얼마나 좋았을까, 따뜻한 밥 한 끼가 되었을 텐데. 나는 한참을 그 돈을 내려다보았다. 한국으로 가져갈 수는 없으니 가벼운 액세서리, 귀걸이를 살 수밖에 없었다.

여행을 마치고 한국에 온 지 며칠밖에 지나지 않았다. 갑자기 손자가 폐렴기가 있어 병원에 입원한다는 연락이 왔다. 내가 병실을 지키게 되었다. 아이의 열은 떨어지지 않았다. 열이 오른 아이가 괴로워할 때마다 나는 간절히 기도했다. 그런데 자꾸 그때의 그 여인과 아이들이 생각이 났다. 내가 잘못을 해서 내 손자가 벌을 받고 있는 것은 아닐까. 그 생각이 떠나질 않았다.

유명한 신부님의 말씀을 방송에서 들은 적이 있다. 하느님은 벌을 주는 무서운 분이 아니라고 했다. 은혜를 주고 축복을 주는 분이지 결코 응징을 하는 분이 아니라 했다. 그 말씀을 듣고 내가 얼마나 위안을 받고 안도감을 느꼈던가. 그러나 막상 손자가 아프니 내 생각은 꼬리에 꼬리를 물고 그 시리아 난민들 생각에서 벗어나지를 못했다.

나는 괴로움을 견디지 못해 터키 여행 중인 이웃 언니에게 카톡 문자를 보냈다.

"그곳에서 시리아 난민을 보거든 내 몫으로 그들에게 꼭 주시길 부탁합니다."

언니는 신실한 불교 신자니 부탁을 들어주리라 믿었다.

터키석은 사랑이 부족한 사람에게 사랑을 준다고 했다. 파란색 터키석 귀걸이를 할 때마다 나는 시리아의 임신한 여인과 쓰레기 뒤지던 아이들을 생각할 것이다. 나는 어떤 사람인가? 현실을 직시하지 못하고 회피하려고 하는 비겁한 사람이었음을 반성한다.

잔치국수

　바람이 쌀쌀하게 부는 날 강원도 어머니께 갔다. 조금만 더 조금만 더 하면서 있다 보니 일요일 저녁 시간이 되어서야 시골집에서 출발하게 되었다. 중간 지점에 있는 작은 소읍에서 버스를 내려 다른 버스로 갈아타야만 했다. 길거리에 있는 버스 정류소에 서 있는데 날은 어두워졌고 차가운 바람이 불었다. 3월 하순이었지만 아침까지 내린 눈으로 꽃샘추위는 더 차갑게 몸을 파고들었다. 몸은 얼어붙는데 버스가 오려면 20분도 훨씬 더 남아 있었다. 그때 어디에선가 구수한 멸치 국물 냄새가 났다. 어디서 나는 냄새일까 두리번거렸다.

뒤돌아보니 바로 국숫집이 있었다. 두서너 발자국이었다. 망설이다가 국숫집 문을 열었다. 훈훈한 온기와 구수한 멸치 육수 냄새가 마음도 몸도 설레게 했다.

"잔치국수 먹을 수 있나요?"

잔치국수는 7분 만에 나왔다. 주인아줌마는 국수를 말아주었고 주인아저씨는 차가 언제 오는지를 봐주었다. 내가 국수를 다 먹고 났더니 버스 정류소 전광판에 2분 후에 버스가 온다고 써 있다고 알려주었다. 국수 맛은 일품이었다. 순박하고 가공되지 않은 시골 맛. 값도 4천 원이었다. 버스를 타고 오는 내내 그 구수한 국수 향내가 내 마음에서 떠나질 않았다.

잔치국수에는 고향 같은 향수가 있다. 가볍게 먹을 수 있지만 허투루 육수를 만들지 않는다. 온갖 정성을 다한다. 멸치 버섯 양파 등을 넣고 육수를 만든다. 각자의 사정 따라 그때그때 조금씩 틀리기는 하지만 만드는 이는 정성으로 땀을 흘린다. 잔칫집 잔치국수는 지나가던 걸인도 얻어먹고 갈 수 있는 음식이었다. 누군가에게 온정을 베풀 수도 있는 따뜻한 음식이었다.

국숫집 아줌마는 육수도 더 주고 김치도 수북이 더 주었다. 그 따뜻한 마음에 푸짐하고 행복한 저녁이 되었다. 집에 도착하니 식구들은 고기를 구워서 먹었다고 했다. 나는 그 고기 구워 먹은 저녁상이 부럽지 않았다. 내 배가 행복하게 부르니 남이 부럽지 않았다. 오히려 집안에 퍼져 있는 고기 구운 냄새가 비릿하게 느껴졌다.

문득 한 생각이 떠올랐다. 몇 년 만에 동인지 시집이 나왔을 때 회장님이 인사말을 했다. 처음 나왔던 시집을 다시 읽다 보니 그중에는 벌써 돌아가신 분도 있다고 했다. 사람은 가도 글은 남는다는 것을 새삼 느꼈다고 했다. 지나간 추억이 눈앞을 스쳤다.

문학교실 언니가 살그머니 다가와 선물을 하나 주었다. 손수건이었다. 크리스마스 선물이란다. 언니는 그렇게 가끔 손수건 선물을 했다. 설날이라고 주기도 했고 추석이라며 주기도 했다. 언니 덕분에 나는 손수건을 가방마다 넣고 다닐 수 있었다. 건망증이 심한 나는 가방을 바꾸어 드는 날이면 무엇이든지 잊은 것이 있었다. 그런데 언니 덕분에 이 가방 저 가방 손수건은 항상 넣고 다닐 수 있었다. 요즘 사람들은 손수건을 잘 갖고 다니지 않는다. 휴지가 흔하기 때문이다. 그러나 나는 목이 서늘하면 얼른 목에다 손수건을 두르기도 하고 더운 날이면 손목에 손수건을 묶고 다니며 땀을 닦기도 했다. 나는 언니가 준 손수건을 정말로 요긴하게 잘 쓰고 있었다.

그 언니의 글은 경험에서 우러나온 소중한 인생이야기였다. 어린 나이에 전쟁을 겪어야 했고 그 전쟁 통에 추위를 피하려 왕겨 속에서 잠을 잔 이야기도 있었다. 장성한 아들을 하늘나라로 보내고 우울증으로 병원을 다닌 이야기도 있었다. 같은 병실에 입원한 여자들 중에는 병실에 요강이 있어야 되는 사람들도 있었다고 한다, 아마도 아프지 않은 다른 사람들은 우울증을 앓는 자신들을 호강에 겨워 요 강을 껴안고 살고 있다고 생각할 거라며 깔깔 웃었다고 했다. 그 글들을 읽으며 우리들은 같이 웃기도 하고 울기도 했다. 언니의 글에는 진실한 감동이 있었다.

어느 날 언니는 써둔 글이 제법 많아서 책을 내고 싶다고 했다. 나는 언니의 그 말이 정말 반가웠다. 그런데 며칠 후에 만난 언니가 책을 내지 않기로 했다며 시무룩해 했다. 왜 그러냐고 물었더니 남동생이 책을 내지 말라 한단다. 높은 수준의 글들이 아니라고 하면서 핀잔을 주었다고 했다. 그 남동생은 외국에서 목사님으로 일하고 있다는데 나는 정말 놀랐다. 어떻게 그런 말을 할 수 있을까. 시무룩한 언니를 보며 마음 아팠다. 그런데 얼마 후 언니가 문학반에 나오지 않았다. 소화가 안 되어 병원에 갔는데 췌장암이라고 했다. 병문안을 가려고 했지만 오지 말라며 언니는 반드시 다 나아서 문학반에 오겠다고 했다. 그렇게 시간이 흘렀다.

어느 날 아침 일찍 문학반에 갔는데 교실 문 앞에 누군가 서 있었다. 갑자기 나를 붙잡고 그 언니 이름을 대면서 아느냐고 물었다. 언니가 하늘나라로 갔단다. 장례도 벌써 치뤘다고 언니 남편분한테서 연락이 왔단다. 언니는 그렇게 가려고 이별의 상징이라는 손수건을 많이 주었던 것일까? 나는 가끔 언니가 준 손수건을 보면서 그런 생각을 하곤 한다. 나는 언니의 글이 책으로 만들어지지 못한 것이 안타깝기만 하다. 우리 문집에 남겨진 글은 몇 편 안 되기 때문이다.

그러다가 생각했다. 나는 왜 이렇게 글을 쓰는가. 언니 동생인 목사님 말씀처럼 내가 쓰는 글도 수준 높은 글이 아닌데 왜 이렇게 글을 쓰려고 하나?

내가 글을 쓴다는 것은 그 4천 원짜리 잔치국수를 먹는 것이 아닐까. 비싼 것도 아니고 훌륭한 것도 아니지만 그러나 내가 힘들 때 추운 바람을 피할 수 있게 해준, 그 순박하고 구수한 맛 속에서 따뜻하고 행복했던.

그리고 내 글을 읽는 누군가도 혹시 잔치국수 같은 따스한 향수를 느낄 수 있지 않을까.

제3부

해가 뜰 때 그리고 질 때

해가 떠오르기 시작했다. 우리는 숨을 죽이고 수평선을 바라보았다. 모두 벌거벗은 몸으로. 그곳은 해수 사우나 안이었다. 바다가 붉어지고 구름이 붉어지고 그리고 손톱 모양의 붉은 해가 살며시 구름 위로 빛나는 이마를 드러냈다. 우리는 숨도 쉬지 못하고 그 광경을 바라보았다. 우리가 벌거숭이라 그런지 떠오르는 해도 벌거숭이로 보였고 붉은 바다도 붉은 구름도 벌거숭이 같았다. 마치 벌거숭이로 놀던 어린 시절 고향 개울가로 돌아온 것 같았다. 그때의 친구들과 함께.

고성에 살고 있는 초등학교 친구가 우리를 그곳으로 초대했다. 친구는 우리에게 해돋이를 꼭 해수 사우나 안에서 봐야 한다고 했다. 그녀가 그곳에서 본 해돋이가 너무 아름다웠다며 표를 미리 구해놓고 우리를 기다렸다.

친구는 남편과 갑자기 사별한 뒤에 하던 일을 접고 혼자서 이곳으로 이사를 왔다. 도시 생활을 하던 친구는 혼자가 되자 고향 정착도 생각했지만 그것이 여의치 않았고 어떤 인연인지 이곳 바닷가로 거처를 정하게 되었다. 친구가 고성으로 이사 간 지 얼마 되지 않아 고성에 큰 산불이 났다. 산불은 마을도 불태우고 친구 집도 고스란히 태워 재만 남겨주었다. 친구는 아무것도 가지고 나오지 못했다. 우리는 친구에게 가 봐야 한다고 했지만 차일피일 미루다가 시간이 자꾸 흘러갔다.

친구는 다시 집을 지었다. 열 평 정도의 땅에다 지은 건물인데 친구는 땅콩집이라고 했다. 그리고 그곳에서 접었던 일을 다시 시작했다. 1층은 친구가 운영하는 미용실이고 2층은 주방, 3층과 4층이 침실이었다. 3층에서는 남자 동창생들이 자고 4층에서는 여자동창생들이 잤다. 그리고 새벽같이 해수 사우나에 온 것이었다. 남탕과 여탕으로 나누어갔던 친구들이 다시 만났고 맛있는 아침을 먹으며 해돋이를 본 이야기를 하느라 정신이 없었다. 우리가 떠들고 노는 동안 해가 중천에 떠올랐다. 아무도 더 이상 해에게는 관심이 없었다.

마치 우리 친구들의 젊은 날처럼.

우리는 각지에 흩어져 살았고 도통 서로에게 관심이 없었다. 살기 바빠서 그렇겠지만 그것은 해가 중간에 떠 있을 때처럼 지극히 당연한 자연의 현상인지도 모르겠다. 아침에 떠오른 해는 우리의 어린 시절이었을 것이다. 모두가 지켜보고 싶을 만큼 서로에게 그런 존재였을 것이다. 그러나 중천에 해가 떠 있는 낮 동안은 그 누구도 해를 쳐다보지 않는다. 그냥 잊고 산다. 언젠가 고향 가는 버스에서 고향 친구가 옆에 있어도 알아보지 못했었다.

사람뿐만 아니라 동물들 또한 중천에 떠 있는 해에는 관심이 없나 보다. 〈해에 올라탄 코요테〉라는 동화에서 코요테는 동물의 왕이 되기 위해 해에 올라탔다. 코요테는 하루 종일 해에 올라타고 있었지만 동물들은 보지 못했다. 해가 떠 있는 동안 아무도 해를 보지 않았기 때문이었다. 코요테는 왕도 되지 못하고 꼬리와 등이 까맣게 타기만 했다.

친구들과 고성의 이곳저곳을 둘러보았다. 항에도 가보고 전망대도 올라가고 송지호 둘레길을 함께 걸었다. 재잘재잘 떠들면서…… 그렇게 시간을 보내다 보니 이젠 헤어져야 할 시간이 되었다. 친구를 데려다주기 위해 땅콩집으로 다시 갔다. 옥상에 올라가 보기로 했다. 좁은 실내에 설치된 길고 긴 나무 계단은 가파르기만 했다. 마치 우리의 지난날 삶처럼. 그러나 옥상에 오르자 펼쳐진 풍경은 눈이 부셨다. 앞쪽에는 푸른 바다가 잔잔한 물결로 보석처럼 반짝이고 뒤쪽에는 설악산 울산바위가 수묵화 병풍처럼 펼쳐져 있었다. 양쪽 모두 너무나 아름다워서 앞쪽을 바라보다가 다시 돌아서서 뒤쪽을 바라보았다. 그리고 다시 앞으로 다시 뒤로……. 혼자서 풍경만 바라보는 데도 시간이 자꾸만 흘렀다. 이곳에서 사는 친구의 삶도 이렇게 아름답게 펼쳐지리라.

이젠 정말로 헤어져야 하는 시간이 되었다. 친구 혼자 두고 온다 생각하니 괜스레 눈물이 났다. 친구를 가만히 안아주었다. 친구의 눈도 빨개졌다. 친구가 나에게 말했다.

"언제든지 글 쓰러 이곳에 오렴. 빈방도 있잖아."

친구의 말에 나는 가슴 뭉클해졌다. 요즘 글도 안 쓰고 있는 내 자신을 돌아보게 만들었다.

춘천에 살고 있는 친구는 우리에게 막국수를 꼭 먹고 가야 한다며 우리를 춘천까지 이끌었다. 우리는 한 그릇씩 깨끗이 다 비웠다. 꿀맛이었다. 그런데 정작 우리에게 막국수를 사준 친구는 반도 먹지 않았다. 사실 그녀는 막국수를 좋아하지 않는다고 했다.

"친구란 이렇구나."

새삼 생각했다.

친구들이 고향 어머니께 갖다 드리라며 바리바리 싸준 음식이 한 손 가득이었다. 손수 만든 도토리묵과 오징어젓, 메밀전병 등등…….

푸짐한 상차림에 어머니가 환하게 웃었다. 고향 집에 다다르고 조금 지나자 해가 지기 시작했다. 가만히 지는 해를 바라보았다. 사람들은 해가 질 때의 저녁노을을 보고 싶어 한다. 한낮에는 까맣게 잊고 지냈던 그 해를 다시 기억해낸다.

우리 친구들의 지금은 저녁노을이 지는 시기인가 보다. 서로 보고 싶어 한다. 친구의 새 삶의 터전인 작은 집. 그 집에서 혼자 있을 친구를 생각한다. 언젠가 그 집으로 글을 쓰러 갈지도 모르겠다.

고향 친구

고향 초등학교는 한 학년에 한 반밖에 없었다. 그래서 우리는 1학년부터 6학년까지 6년을 내리 같이 다녔다. 고향 초등학교 총동창회는 꽤나 유명하다. 전국 각지에서 졸업생들이 모이고 후배들이 환갑을 차려주고 마을 전체가 잔치를 한다. 작은 마을이 하루 온종일 축제 분위기로 떠들썩하다.

우리 친구들은 몇 년 동안 돈을 모았다. 우리가 환갑이 되면 학교에 장학금도 내고 우리끼리 여행을 가기로 했다. 벌써 그 시간이 되어서 제주도로 여행을 함께 갈 수 있게 되었다. 관광지에는 옛날 것들을 모아서 지난 삶을 생각나게 하는 곳도 있었다. 그곳 교실에는 낡은 나무 책걸상이 있었고 가운데는 난로가 있었다. 난로 위에는 도시락이 올려져 있었다. 옛 추억에 한참 젖었다.

언젠가 읽었던 글이 생각났다. 가난하던 시절, 학교에 땔감이 부족할 때면 마을의 부잣집에서 땔감을 보냈다. 난로에 불이 활활 붙어 따뜻해지면 선생님은 가난한 아이들을 먼저 난로 주변에 앉히고 나무를 보낸 부잣집 아이들은 그다음에 앉혔다. 그러나 아무도 불평하지 않았다. 학교가 끝나면 부잣집 아이들은 따듯한 곳에서 지낼 수 있지만 가난한 아이들은 더 이상 불 가까이 갈 수 없다는 것을 선생님이 알고 그렇게 배려한다는 것을 모두 느끼고 있었기 때문이었다. 요즘 만약 그렇게 선생님이 처신하면 난리가 날 것이라고 요즘 세태를 걱정하던 글이었다.

그곳에서 한 친구가 중학교 교복과 교모를 써 보고 즐거워했다. 그 모습을 보는데 마음 찡했다.

"나는 초등학교밖에 못 나왔잖아. 그래서 나에게 동창이란 너희밖에 없어. 그래서 우리 동창회에 내 온 정성을 다 기울였어."

그 친구 말에 마음 울컥했다. 그 친구가 아니면 우리 동창회가 이렇게 잘 될 리가 없기 때문이다. 직업란에 최종 학력을 쓰라고 하면 중졸이라고 거짓으로 쓰는 자신이 속상했단다. 그래서 아이들만은 잘 가르치려고 마음먹었는데 이제 그의 아들딸 모두 대학원을 졸업

했다. 그 친구의 카톡 프로필 사진에는 아들딸 석사학위 사진이 나란히 올려져 있다. 우리 모두 고생한 친구를 위해 박수를 쳤다.

저녁을 먹고 우리 친구들이 한자리에 모여 이런저런 이야기를 나누었다. 소아마비를 앓아서 걸음이 불편한 한 친구가 말했다.

"몸이 불편해서인지 나는 성격이 모가 많이 났어. 그래서 세상을 삐딱하게 보았고 삐뚤게 살고 싶었던 적이 참 많아."

그럴 때마다 고향 친구들을 만나서 세상살이 울분을 토했고 이제는 어긋나게 막살고 싶다고 했단다. 그런데 초등 친구들이 그러면 안 된다고 계속 설득하고 다독여주었단다. 그래서 자신이 나쁜 길로 빠지지 않고 이렇게 살아나올 수 있었다고 했다. 친구는 개인택시를 하며 좋은 가정을 이루어 잘 살고 있다.

또 한 친구가 말했다.

"내가 스무 살 때 동생을 위해 자전거를 샀어. 중학교를 걸어 다니는 동생이 안 되어 보였거든."

그런데 그 자전거를 고향에 가지고 가려고 했더니 버스 기사가 실을 수가 없다고 하더란다. 그때는 지금의 버스처럼 짐 싣는 짐칸이 없었던 것 같다. 친구는 영등포에서 아침 8시에 출발을 했다. 자전거를 타고 서울 중심부를 거쳐 포천을 거쳐 강원도를 향해 갔단다.

"캬라멜 고개는 어떻게 했어?"

굽이굽이 험준한 고갯길. 운전기사들도 힘들어 안 가겠다고 튕기곤 해서 그 당시에 몹시 귀한 캬라멜을 주어야만 갈 수 있었다는 길이 아닌가. 그 고개는 도저히 타고 갈 수가 없었단다. 자전거를 밀고 끌고 넘어갔다고 했다. 그래서 집에 도착하니 저녁 6시가 다 되어가더란다. 우리 모두 탄성을 질렀다.

"내 나이 서른세 살에 남편이 하늘나라로 갔어."

여자들끼리 방에 와서 누웠는데 친구 하나가 울면서 자신의 이야기를 들려주었다. 두 아이를 키우느라 그녀가 한 고생은 무수히 많았다. 이제 아이들도 잘 커서 딸은 결혼도 했단다. 그녀를 꼭 안아주었다.

《시네마천국》이란 영화에서 알베르토는 토토에게 충고했다.

"고향을 떠나라. 그리고 다시는 이 마을에 돌아오지 말라."

나에게 그런 충고를 해주는 사람은 없었지만 내 마음이 그랬다. 중학교를 졸업하고 도청소재지에 있는 고등학교로 떠나며 나는 정말 고향에 돌아오고 싶지 않았다. 머리가 좋아 천재라는 소리를 들었다는 아버지는 돈도 잘 벌었지만 한량으로 살았다. 어느 날 아버지는 아들이 하나 있는 과부를 우리 마을에 데리고 와서 건넛마을에 살림집을 얻어주었다. 그런데 그녀가 데리고 온 아이가 나와 같은 반에 다니게 된 것이었다. 많은 세월이 흐르고 보니 나뿐만 아니라 그 아이도 많은 상처를 받았을 것이란 생각이 요즘에서야 들었다. 친구들은 그 아이와 내가 친척이라고 했다. 나는 설명하지 않았고 속으로 몹시 부끄러웠다.

사람들이 나를 모르는 곳에서 사는 게 내 꿈의 하나였다. 고등학교를 가고 대학교를 가고 나는 고향 친구들을 만나고 싶지 않았다. 나는 멀리 멀리 광산촌에 발령을 받았고 고향은 멀어졌다. 결혼을 하고는 서울에 살았고 남편의 직장 발령 때문에 제주도까지 가서 살아야 했으니 말해 무엇하랴. 고향은 나에게 정말 멀리 떨어져 나간 것처럼 보였다.

그런데 세월이 흐르자 고향엔 어머니가 혼자 남게 되었다. 혼자 계신 어머니를 뵈러 고향에 자주 가다 보니 고향 친구들이 눈에 들어왔다. 건실하게 농사를 지으며 부를 이룬 친구들이 대단해 보였다. 혼자 있는 어머니께 가끔 들러 위안을 준 것은 초등학교 친구들이었다. 나는 친구들의 귀함을 어머니를 통해서 알게 되었다. 어찌 보면 지독한 이기심이라고도 할 수 있겠다.

살아 보니 많이 배운 것, 적게 배운 것은 중요하지 않았다. 우리 친구들처럼 성실하게 착하게 살면 성공한 삶이라 생각한다. 이렇게 귀하고 보석 같은 내 친구들. 순수한 고향 친구들이 자랑스럽다.

고덕 그리고 광덕

    고덕高德동으로 이사와 살면서 고덕평생학습관을 자주 다니게 되었다. 등나무 꽃그늘 아래 앉아 꽃향기에 젖어 책을 읽었고 끙끙대며 컴퓨터도 배웠다. 옛날 한 선비가 임금님이 내려준 벼슬도 사양하고 이곳에서 조용히 지냈다고 한다. 태종이 옛 친구를 생각하여 그가 살고 있는 이곳까지 찾아왔는데 선비는 평민 차림으로 거문고를 가지고 태종을 뵈었고 병술을 마시며 서로 즐겁게 지냈다고 한다. 세상 사람들은 그 선비의 높은 덕을 칭송했고 그 선비가 살던 마을을 고덕동이라 불렀다.

고덕동이라는 글자 속에 있는 '덕德'이라는 글자가 낯설지 않았다. 내가 자란 고향 마을이 광덕리廣德里였기 때문이다. 내가 다닌 초등학교 이름도 광덕초등학교이다. '덕德'이란 글자를 사전에서 찾아보면 "공정하고 남을 넓게 이해하고 받아들이는 마음이나 행동"이라고 나와 있다. 넓을 광廣자에 넓다는 뜻이 들어가는 덕德자까지 들어가는 내 고향 광덕리는 산으로 꽁꽁 둘러싸인 하늘 아래 첫 동네, 아주 작은 마을인데 어떻게 그런 큰 이름이 붙었는지 신기하기만 하다. 내가 의문을 제기했더니 문학교실 한 시인이 말하길 고향에 있는 산의 품이 어머니처럼 큰 품이기에 그런 이름이 붙은 것 같단다. 새로운 깨달음이었다. 어머님 혼자 지키고 있는 고향 집. 내 고향 광덕리는 항상 내게서 뗄 수 없는 가슴 뭉클한 곳이다.

지난해 여름, 문학교실 문우들이 고향 마을에 놀러 왔다. 개울가에 발을 담그고 여러 이야기를 나누었다. 문우 한 분이 앞에 있는 산을 바라보더니 산봉우리가 조금만 뾰족했으면 훌륭한 문필봉인데 조금 낮아 안타깝다고 했다. 나는 왠지 그 말이 내 마음속에 쏙 들어왔다. 그 산을 오랫동안, 수없이 봐 왔지만 문필봉이란 생각은 한 번도 해 보지 않았다. 까마귀가 많이 산다고 오소산 또는 오서산이라 불렀고 초등학교 교가에도 나오는 산이다. "우뚝 솟은 오소산 기상도 높다." 그런 가사의 노래를 목청 높여 부르면서 언젠가 한 번 가 봐야지 생각했지만 결국 나는 한 번도 가보지 못했다. 남동생은 어릴 때 그 산에 직접 올라가 본 적이 있었는데 정말로 까마귀가 많았다고 했다.

문우들이 다녀간 이후에 나는 그 오서산을 시도 때도 없이 바라보는 시간이 많아졌다. 사진도 수없이 찍었다. 오른쪽에서도 찍어 보고 왼쪽에서도 찍어 보고, 멀리에서도 찍어 보고 가까이에서도 찍어 보았다. 이쪽 각도에서 또 저쪽 다른 각도에서도 찍어 보았다. 우연히 어떤 방향에서 찍은 사진에서 산봉우리가 제법 뾰족하게 나왔다. 내 마음이 흡족했다. 나는 그 산을 내 마음속의 문필봉이라 생각하기로 했다.

안동 하회마을을 둘러보러 갔을 때였다. 하회마을에는 문필봉이 있고 그 덕분에 수많은 문인들이 나왔단다. 강 건너 아름다운 옥연정사에서 유성룡은 그 유명한 《징비록》을 썼다. 그런데 내 귀와 눈을 번쩍 뜨이게 하는 글자가 있었다. 옥연정사가 있는 곳의 주소가 광덕리였다. 나는 가슴이 다 벌렁벌렁했다. 광덕리인 내 고향에서도 많은 문인들이 나올 것 같다. 나 또한 후배들에게 귀감이 되는 좋은 선배가 되고 싶다.

광덕에서 살았던 내가 다시 고덕에서 지내게 되니 '덕德'이란 글자가 나랑 굉장히 연관이 있는 글자처럼 생각되었다. 덕이 부족한 내게 꼭 필요한 글자인가 하는 생각도 들었다. 그러니 이렇게 항상 내 곁에 붙어있는 것이 아닐까. 우연히 인터넷에서 재미있는 글을 보았다. 재주라는 것은 빨랫줄에 걸린 속옷과 같다. 그 속옷은 가늘고 가벼운 산들바람만 불어도 오고 가는 사람들의 눈앞에서 부끄러움도 모르고 나풀거린다. 그러나 덕德은 장롱 속에 넣어둔 속옷과 같기에 그 덕이라는 속옷은 남의 눈을 피하여 그것을 입을 사람에게 추위를 면하게 해주려고 항상 기다리고 있을 뿐이라고 적혀 있었다.

덕이란 무엇일까? 더욱 궁금해진다. 그리스어에서 덕이란 말은 그 어원이 '아레테'인데 원초적인 뜻은 '힘'을 뜻했다. 용감하다, 훌륭하다, 힘을 가지고 있다는 의미였다. 그러다가 훌륭함을 평가하는 기능적인 면으로 용기라는 뜻이 되었는데 그 당시에 그들이 생각하는 훌륭한 사람이란 귀족 전사였고 그들의 덕이 용기라고 생각했기 때문이란다. 나중에는 인간의 집단이 많이 나누어지니 덕도 상대화되어 정치가의 덕(아레테), 상인의 덕, 시인의 덕, 인간의 덕…… 인간 자체로서의 아레테. 이렇게 인간으로서 뛰어난 것이 무엇인가를 생각하게 되었다고 한다.

소크라테스는 지식과 덕은 일치한다고 했는데 인간이 무엇인가에 대해 알게 되면 인간은 덕을 알게 된단다. 진정으로 용기를 알게 되면 용기 있는 사람이 된다는 뜻이다. 그가 말하는 안다는 것은 몸으로 확고하게 체득한 앎이다. 전쟁에 대한 공포는 그것을 겪은 사람만이 진실로 안다. 나처럼 책이나 신문 또는 영화로 읽고 본 상태에서 안다고 생각하는 사람들은 진정으로 그것을 안다고 할 수 없다. 덕에 가까이 가기에는 정말 한참 멀었다.

나는 생색내기를 좋아하는 사람이다. 그런데 덕에 대해서 설명한 글을 보니 좋은 일을 했다고 하여 생색을 내는 것은 고마운 마음을 얻지 못한다고 하면서 덕德이란 고마운 마음을 얻게 하는 것이란다. 덕은 마음을 가볍게 하고 입을 무겁게 하며 귀를 두텁게 하고 눈을 밝게 하는 것이라고 설명하고 있었다. 덕이란 참으로 나에겐 어려운 것이겠다. 입을 무겁게 하라는 말을 마음에 새겨두려고 한다.

요즘 나는 주말이면 광덕리 어머니께 가고 주중에는 고덕평생학습관에서 공부를 한다. 고덕과 광덕 사이를 수없이 오가고 있는 중이다. 그런데 이번 학기에 평생학습관에서 《도덕경》 공부를 한단다. 나는 길눈이 어두운 사람이다. 길을 잘 못 찾는 길치이다. 몇 번 가본 길도 갈 때마다 다르게 보이고 방향을 못 찾아 헤맨다. 그래서 운전도 못한다. 저쪽에 있던 산이 오늘은 왜 이쪽에 있느냐고 이웃 언니에게 물었다. 그렇게 매번 갔던 길도 못 찾아 헤매는 나를 보고 이웃 언니는 참 즐거워하고 기뻐했다. 겉보기에 깍쟁이처럼 똑똑한 줄 알았는데 어설픈 점이 정말 좋다고 했다. 길치인 나는 《도덕경》 안에서 이 한 계절을 보내야 할 것 같다. 《도덕경》을 배우다니! 덕이 부족한 나는 덕을 찾아 《도덕경》 속에서 헤매고 있다.

눈탱이 밤탱이

눈 밑이 파르르 떨리는 느낌, 나 스스로 느낄 수 있었다. 가만히 거울을 들여다보면 눈 밑 살갗이 파도처럼 물결이 일었다. 아주 짧게. 그러나 그 작은 파도의 물결은 심장까지 넘실거리며 들어왔다. 괜히 마음이 불편해지고 신경이 날카로워졌다. 눈 밑 떨림이 마음까지 떨게 만들었다.

언젠가 텔레비전 프로그램에서 공황장애를 앓는 사람들의 이야기가 나왔다. 유명한 기획사의 대표였는데 소속 가수가 교통사고를 내어 그 걱정을 하다가 공황장애가 왔다고 했다. 대단히 유명한 큰 회사이고 손에 꼽을 정도로 부자인 사람이었다. 소속된 사람도 많은데 한 사람의 작은 접촉사고 때문에 공황장애를 얻었다니 나는 이해가 되질 않았다. 내가 생각하기에 그들이 겪은 어려움은 내가 겪은 어려움보다 작아 보였다. 나는 왜 저런 것도 앓지 않을 정도로 무딘 사람일까. 나 스스로 참 한심하다는 생각이 들었다. 우연히 딸에게 그 이야기를 했더니 내 등을 쓰다듬어 주었다. 우리 엄마가 멘탈이 강한 거지요. 그건 대단히 중요하고 좋은 거예요. 이렇게 위로를 해주었다. 그 영향이 눈 떨림으로 이제야 나타난 것인가? 내가 너무 무디어서 화가 난다는 내 철없던 하소연이 괜히 후회되었다.

양쪽 눈 밑에 침을 맞았다. 그런데 눈 떨림이 없는 쪽에 꽂았던 침자리에서 피가 나더니 조금 부풀어 올랐다. 강원도 어머니께 가기로 되어 있었기에 얼음으로 잠깐 찜질을 하고 저녁 버스를 탔다. 버스 안에서도 눈가가 불편했다. 하룻밤을 자고 났는데 아침에 보니 눈가가 시퍼렇게 멍이 들어 있었다. 어머니가 내 얼굴의 멍을 보고 깜짝 놀랐다. 그리고 계속해서 나를 걱정하기 시작했다. 불효가 다른 게 아니었다. 병 드신 어머니를 위로하기 위해 고향에 왔는데 어머니가 오히려 나를 보고 크게 걱정을 했다. 이런 불효가 없다.

어머니가 닭장으로 달려갔다. 마침 아침에 낳은 계란 한 알이 있다며 들고 왔다. 그 계란으로 눈가를 문지르라고 했다. 하루 종일 누워서 하염없이 눈가만 문지르고 있었다. 동글동글한 계란이 눈가의

굽이지는 곳과 잘 맞아떨어졌다. 스륵스륵 힘차게 눈가를 문질렀다. 저녁때에 보았더니 멍이 어찌나 넓게 퍼져 버렸던지 푸르둥둥 눈가가 말이 아니었다. 눈이 퍼렇게 멍든 사람을 보고 눈탱이 밤탱이라는 표현을 하곤 했는데 내 시퍼런 눈이 마치 가정폭력의 희생자처럼 보였다. 괜히 고향 동네 사람들 눈에 띌까 봐 밖에도 못 나가고 꽁꽁 며칠을 숨어 있었다.

　나중에 알아봤더니 계란으로 그렇게 하루 종일을 문지르는 것이 아니란다. 단 몇 분씩 하루에 몇 번만 하는 것이란다. 옛날에 어른들은 계란이 시퍼런 멍을 빨아들인다고 말했다. 나는 어릴 때 들었던 그 말을 믿고 그렇게 하루 종일 계란을 얼굴에 문질렀고 오히려 멍이 더 크게 확대된 것이다.

　원래 눈의 둥근 모양에 계란의 동그란 모양이 잘 맞아서 계란을 선택하는 것이고 살살 문질러 멍을 퍼지게 해서 연하게 하는 좋은 방법이란다. 그런데 나는 계란이 멍을 빨아들인다고 생각했으니 힘껏 문질렀고 그것이 터진 실핏줄을 더 건드려서 오히려 멍을 더 크게 만든 결과가 되었다. 멍을 빨아들인 계란은 그 속이 푸르게 멍들어 망가졌기에 그런 계란은 먹으면 안 된다고 옛 어른들은 말했다. 아마도 따뜻한 손에서 너무 오래 있다 보니 빨리 상해서 그런 게 아닐까 싶다.

　친구들에게 눈탱이 밤탱이가 되었다고 하소연을 했더니 한 친구가 자신의 경험을 알려주었다. 너무 투명하고 깨끗해서 유리문이 없는 줄 알고 지나가다가 부딪혀서 퍼렇게 멍이 들었는데 소고기를 얼굴에 붙이니 좋아졌단다. 어떤 친구는 피부에 붙이는 티침을 멍 자리에 붙이라고 했다. 어머니가 닭장에서 다시 가져온 계란으로 다시 살살 계란 마사지를 했고 잠을 잘 때는 멍든 피부에 살짝 티침도 붙였더니 멍은 가라앉았다.

　나는 궁금해서 며칠 전에 처음 문질렀던 계란을 삶아보았는데 정말 멍을 빨아들인 것처럼 조금 푸르게 보였다. 믿거나 말거나지만 이렇게 내 눈에 푸르게 보이는 것처럼 옛사람들에게도 그렇게 보였으니 그런 말들을 했었나 보다.

　마그네슘이 부족하면 눈 떨림이 온다고 해서 마그네슘 약도 복용했고 피로와 스트레스가 많아도 그런 현상이 온다고 해서 무리하지 않으려 신경을 썼다. 어느 날 눈 떨림은 멈추었다. 그런데 강원도 어머니께 전화를 하면 여전히 내 걱정이었다.

　"니 괜찮나?"

　내 멍이 어머니께는 그대로 남아 있었다. 내 멍을 빨아들인 건 계란이 아니라 어머니였나 보다. 내 멘탈이 강해서가 아니라, 언제나 내 멍을 빨아들인 어머니 때문에 나는 강하게 살 수 있었나 보다.

진달래

　고향 어머니께 가느라 캬라멜 고개를 넘고 있는데 카톡방 알림이 울렸다. 청계산 진달래를 보러 너무나 많은 사람들이 몰려오는 바람에 청계산 정상 과천 쪽 일부분이 무너져 내렸다고 했다. 지인 또한 진달래를 보러 그곳에 갔고 진달래꽃은 그야말로 절정이란다. 얼마나 사람들이 많이 왔으면 무너지기까지 하냐고 난리였다. 나는 버스 안에서 창밖으로 펼쳐지는 이곳저곳을 둘러보았다. 그 유명한 캬라멜 고개에 진달래꽃이 많지 않았다. 예전에는 내 고향의 이곳저곳, 온 산을 붉게 물들이던 연분홍빛. 이제는 고향에 사람들이 없는 것처럼, 진달래꽃마저도 무리 지어 많이 있는 것을 보려면 서울 가까이 가야 하나 보다.

고향 사람들은 말한다. 서울 사람들이 진달래를 많이 캐갔다고. 몇 해 전까지만 해도 우리 고향 산천에 널려 있던 진달래를 도시 사람들이 고향 사람들의 눈을 피해 밤사이에 캐다가 싣고 가곤 했다. 부잣집 정원에도 가고 이곳저곳 돈 많은 도시 정원에도 심어졌다. 청계산 진달래도 몇 년 동안 나무를 사다가 심은 것이라 하니 나는 내 고향 진달래가 그곳에도 갔으리라 생각했다.

〈고향의 봄〉 노래를 불러본다. "나의 살던 고향은 꽃피는 산골 복숭아꽃 살구꽃 아기 진달래……." 아기 진달래는 여린 연분홍빛이다. 그 노래를 부르다 보면 아기 진달래처럼 키 작은 내가 생각난다는 초등학교 친구도 있었건만. 어느새 다 잊어버린 시절이 되었다.

우리는 학교를 오가면서 진달래를 따 먹기도 했다. 전체를 다 먹으면 약간 시큼한 맛이 났고 끝부분을 조금 자르고 먹으면 때로는 달콤하기도 했다. 예쁜 모양의 화전을 먹는 것은 짧고도 짧은, 잠깐 스쳐 지나가는 봄날의 유일한 사치였다. 어떤 해는 화전 한 번 못 먹어 보고 봄날이 갔다. 이렇게 사람들이 먹을 수 있기에 참꽃이라 부르고 철쭉은 독이 있어 먹을 수 없기에 개꽃이라 했다.

아버지가 몹시 아파서 병원에 간 날도 봄날이었다. 의사는 위암이라 진단했고 수술을 하려고 몸을 열었는데 온몸으로 퍼져서 도저히 손을 댈 수가 없다고 했다. 약 3개월이 남았다고 했다. 아버지는 다시 집으로 돌아왔다. 의사는 통증이 심할 거라며 모르핀을 주었다. 그러나 아버지는 견딜 만하다고 하면서 모르핀을 잘 맞지 않았다. 무심한 나는 그런가 보다 했다. 무엇이 그리 바빴는지 그때도 나는 주말에만 아버지를 뵈러 갔다. 아버지는 식사를 거의 못하고 있었다. 그래도 서울에서 딸이 집으로 간다고 출발 전화를 하면 아버지는 나에게 꼭 물었다. 무엇이 먹고 싶으냐고. 어머니한테 말해서 그것을 해 놓겠다고 했다. 나는 또 철없이 이것저것을 말하곤 했다.

앞산에 진달래가 붉게 피었다. 누워 계시던 아버지가 진달래를 따러 가자고 했다. 나는 아버지를 따라 진달래를 따러 같이 나섰다. 여윈 아버지가 진달래를 따고 있었다. 연분홍 진달래는 아버지의 야윈 몸처럼 슬프고 처연해 보이기도 하고 아버지가 살고 싶은 생처럼 아름답고 찬란해 보이기도 했다. 힘들지 않느냐고 그만 가자고 해도 아버지는 자꾸 진달래를 따고 싶어 했다. 진달래주를 담고 싶단다. 그러려면 양이 어느 정도는 되어야 한단다. 담가 놓은 진달래술이 익어 먹을 때쯤이면 아버지는 이 세상에 안 계실 텐데도 진달래술을 담고 싶어 하는 아버지를 이해할 수 없었다.

지나고 생각해 보니 어쩌면 아버지가 그날 딴 것은 아버지가 느끼는 그 고통과 아픔이었을 지도 모르겠다. 고통을 그렇게 딸 수만 있다면 얼마나 좋았을까. 또한 그날 딴 것은 아버지의 얼마 남지 않은

생에 대한 아쉬움일지도 모르겠다. 그것을 스스로 따서 차곡차곡 담은 건지도 모르겠다.

아버지가 돌아가시고 나니 아버지 방안에 모르핀이 몇 개 쓰지 않고 그대로 남아 있었다. 남동생은 아버지가 독하다고 했다. 그 고통이 얼마나 심한데 어떻게 약 없이 견딜 수 있었는지 모르겠다고 했다. 그리고 말했다. 자식들이 돈을 더 쓸까 봐 그런 것 같다고. 그 모르핀 주사를 다 쓰면 또 사야 하니까 자식들한테 부담을 줄까 봐 그런 것 같다고 했다.

그리고 나는 보았다. 그 방에 있는 진달래술. 나와 같이 땄던 진달래. 설탕을 붓고 소주를 부어 두신 그 진달래술. 두견새가 울면 먹는다는 술, 정말로 아버지가 돌아가셨을 때는 뻐꾸기가 우는 계절이었다.

언뜻 신문에서 읽었는데 진달래는 나무가 없는 척박한 땅에서 잘 자란단다. 온 산에 푸른빛이 돌기 전에 먼저 꽃을 피워 봄을 알리고 산을 화사하게 수놓아 사람들이 좋아하는 꽃. 척박한 곳에 힘들게 사는 사람들을 위로해 주는 꽃. 그러나 나무들이 많이 자라고 수풀이 우거지면 진달래는 더 이상 잘 자랄 수 없단다. 이제는 내 마음을 고쳐먹기로 했다. 으흠. 서울이란 곳이 척박한 곳이라 진달래가 그곳에 있구나. 사람들을 위로해 주려고.

속옷에 대한 수다

뜸사랑 봉사실에 유방암을 앓고 있는 한 여인이 왔다. 그녀는 수술
을 해서 한쪽 유방이 없다고 했다. 등에 뜸을 뜨기 위해 그녀가 침상
에 엎드렸을 때 그녀의 낡고 낡은 브래지어가 눈에 들어왔다. 브래
지어가 낡아서 여기저기 구멍이 숭숭 뚫려 있었다. 여자인 내가 보
기에도 괜히 민망했다. 요즘 세상에 이렇게 낡은 브래지어를 하는
사람은 없을 것이다. 그녀의 살림이 그렇게 어려운 것도 아니라고
들은 기억이 났다. 수술로 가슴이 없어지니까 가슴을 보호하고 아름
답게 보이게 한다는 브래지어에 대한 개념이 그녀에게서 아예 없어

진 것일까. 처음에 나는 그녀가 어쩌다 실수로 그런 옷을 입고 온 줄 알았다. 버리려고 꺼내 놓은 것을 모르고 다시 입었으려니 생각했다. 그런데 그녀는 올 때마다 그 속옷을 입고 왔다. 괜스레 마음 아팠다. 낡은 구멍은 올이 풀리듯 아주 조금씩 커지고 있다. 여인으로서의 그녀 마음도 이렇게 구멍이 숭숭 나고 있는 것은 아닐까 괜히 걱정되었다.

어느 날 시장길을 걷다가 무더기로 쌓여 있는 브래지어를 봤을 때 문득 그녀 생각이 났다. 만 원에 3장. 사다주고 싶은 마음이 불같이 일었다. 그러나 곧 마음을 접었다. 오지랖일 것이다. 그것을 받은 그녀는 어떤 표정을 지을까. 낡은 속옷을 입고 있으니 이런 싸구려 속옷을 주었다고 생각할 것이다. 어쩌면 낡은 것을 입었지만 부끄러움 없이 당당하게 살고 있는 그녀에게 내가 부끄러움을 가리키고 있는 것이 될지도 모른다. 마치 선악과를 따먹은 아담과 이브가 부끄러움을 느꼈던 것처럼.

응급실에서 간호사로 근무하고 있는 친구의 딸은 늘 엄마에게 당부한단다.

"속옷은 꼭 좋은 거 입으세요. 제발 아빠 것은 입지 마세요."

갑자기 쓰러져서 응급실에 실려 오는 나이든 여자들은 남자 속옷을 입고 오는 경우가 다반사란다. 남편 러닝셔츠 심지어 팬티까지 입고 온단다. 응급실에서 환자가 오면 대부분 속옷을 가위로 잘라야 하는 경우가 많은데 아줌마들이 입은 낡은 남자 속옷에 깜짝깜짝 놀라곤 한단다. 왜 응급실에서는 속옷을 가위로 잘라야만 하지? 궁금증이 많은 나는 물어보았다. 의사 아들을 둔 친구가 답했다. 위급한 상황이라 환자들의 몸을 뒤척이게 하면 더 위험한 상황이 올 수도 있기 때문에 속옷을 가위로 자를 수밖에 없단다.

그 이야기를 동네 모임에서 했더니 언니들도 이실직고했다. 자신들도 가끔 아저씨 속옷을 입는단다. 해진 곳도 없고 색만 조금 바랬을 뿐인데 그냥 버리기에는 너무 아깝다고 했다. 생각해 보니 우리 어머니도 남자 러닝셔츠를 입고 있는 것을 본 적이 있다. 여름이면 집에서 티셔츠 대신 입고 있었는데 소매에 땀도 안 차고 좋다고 했다. 나이 드신 분들은 거의 그런가.

며칠 동안 속옷이 내 이야기의 중심이 되었다. 내 친구는 학생 시절부터 속옷은 비싸고 좋은 것을 입었다고 해서 깜짝 놀랐다. 속옷은 값싸고 실용적인 면제품이 최고이며 비싼 속옷을 사는 사람들은 사치성 있는 사람들로 나는 생각했기에 친구의 말에 충격을 받았다. 친구의 어머니는 가장 안에 입는 속옷과 가장 겉에 입는 외투는 비싸고 좋은 것을 입어야 한다고 강조했단다. 중간에 입는 옷은 웬만하면 된다고 하면서. 그 옛날에 그런 조언을 해주었다는 친구의 어머니가 멋져 보였다.

누군가 또 다른 이야기를 들려주었다. 응급차에 실린 환자들의 속옷을 보고 구급대원들이 어떤 병원으로 갈 것인지를 정하던 시절이 있었단다. 비싼 속옷을 입으면 큰 병원으로 데리고 갔는데 병원비를 감당할 수 있다고 생각을 했기 때문이었다. 그런데 그것이 생명과 바로 직결되기도 했다. 어떤 사람은 크고 좋은 병원으로 가서 처치를 잘 받아서 살았고 어떤 사람은 작은 병원으로 가서 중요한 시간을 놓쳐 죽기도 했다. 그래서 속옷은 무조건 비싸고 좋은 것을 입어야 한다는 말이 한동안 유행했다. 비싸고 좋은 속옷이 나를 살릴 수도 있다고 하면서.

예전 일이 생각났다. 목욕탕에서 아줌마들이 수다를 떨고 있었다. 비싼 속옷 사기는 아까워. 잘 안 사게 돼. 느슨해지고 낡아도 그냥 입게 돼. 모두 고개를 끄덕였다. 갑자기 그들이 유리창 밖 탈의실 쪽의 한 여인을 가리켰다. 저 여자 있지? 바람난 여자야. 우리 옆집에 사는 데 요즘 바람났다고 소문이 자자해. 그녀는 화려하고 야한 속옷을 입고 있었다. 저 봐, 누군가에게 보여주어야 하니까 저렇게 야한 것을 입어야 하겠지 뭐. 유리창 안에서 여인들은 모두 호호호 웃었다.

속옷은 무엇인가. 옛날엔 결코 남에게 띄지 않는 나만의 옷이었다. 그런데 요즘은 온천, 사우나, 수영장, 헬스장 등 이웃이나 친구들에게 속옷을 보여야 될 때가 많아졌다. 가장 안쪽에 숨어 있던 것이 가장 두드러지게 나타나는 시대가 된 것이다. 어찌 생각하면 자신을 사랑하는 사람만이 좋은 속옷을 챙겨 입을 것도 같다. 나는 아름답다. 나는 당당하다. 마치 표현하지 않던 내 속마음을 표현하듯이.

해가 바뀌었지만 뜸사랑에 오는 그녀의 속옷은 바뀌지 않았다. 그녀의 뻥 뚫린 속옷. 그 구멍에서 서늘한 바람이 느껴졌다. 차가운 골짜기 그녀의 마음에서 부는 바람인지도 모르겠다.

김경미 시인의 시가 생각났다. 세상에 상처받은 날, 밤의 버스정류장 속옷가게 앞에 서서 내의만 입고 선 마네킹들을 지켜보며 "견뎌다오. 나여 견뎌다오" 하면서 문득 눈물 고였다는 시인. 나도 그녀에게 말해주고 싶었다. 견뎌 달라고 조금만 더 견뎌달라고. 낡은 속옷 위로 가냘픈 그녀의 등을 쓰다듬었다.

오늘 하루

아침 일찍 꽃분홍색 셔츠를 찾아서 입었다. 오전에 봉사를 하고 오후엔 봉사자들끼리 남산 벚꽃을 보러 가기로 했다. 오후에 봉사실 건물 전기공사를 한다는 공고가 미리 있었기 때문이었다. 남산 벚꽃이 절정이라고 어제 사진이 올라왔고 마침 날씨조차 맑고 쾌청해서 봄날 나들이에 딱 맞았다. 모처럼 설레는 마음으로 등산복을 챙겨 입었다. 꽃분홍색 셔츠 위에 자주색 등산복을 걸쳤다. 전철을 탔는데 콧노래가 나왔다. 즐겁게 신나게 가고 있는데 소꿉친구에게서 문자가 왔다. 동창 친구의 어머니가 돌아가셔서 청주로 문상을 가야 한다고 했다. 나도 가야만 했다.

부랴부랴 봉사실에 들러 지방에 문상갈 일이 생겼으니 봉사도 꽃놀이도 참석 못하게 되었다고 양해를 구했다. 그런데 걱정이 되었다. 조문을 가기 위해 까만 옷으로 바꿔 입어야 하는데 큰일이었다. 봉사실은 동묘역 근처이고 동묘는 새로 나온 신상품부터 쓰던 중고품까지 없는 게 없는 곳이다. 옷 파는 상점들도 즐비하다. 그런데 그때 시간은 아침 9시. 문을 연 곳이 하나도 없었다. 봉사자 한 분이 요즘은 어느 곳이든 터미널 근처에 가면 아웃 도어 의류 파는 곳이 많으니 까만색 셔츠만 하나 사 입으라고 했다. 다행히 바지는 검정색이었다. 동서울터미널에 도착하니 10시. 고향 소꿉친구와 10시 반에 만나기로 했으니 30분의 여유가 있었다. 다행히 근처에 문을 연 대형마트가 있었다. 그곳에서 검은색 블라우스를 거금 들여 하나 사서 입었다. 집에는 검은색 블라우스가 수두룩한데 이렇게 또 사야 하다니 아쉬운 생각이 들었다. 늦을까 마음이 급해서 꽃분홍색 티셔츠는 가방에 구겨 넣었다.

친구가 도착했고 같이 버스에 올라탔다. 소꿉친구와 단둘이서 여행을 하는 것은 처음이었다. 어머니 없는 슬픔은 견딜 수 없을 것 같다는 이야기를 시작으로 우리는 아줌마들 수다로 시간 가는 줄 몰랐다. 친구에게 아침에 꽃구경 가려고 등산복을 입었다가 검정색 옷을 방금 사서 입었다고 했더니 친구가 웃으며 말했다.

"그래. 정말 세상일이란 게 마음먹은 대로 되지는 않지?"

정말 그랬다. 살아오는 동안 수없이 계획을 잡고 마음 먹지만 뜻대로 되지 않은 일도 많았다. 정년퇴직을 꿈꾸었지만 제주도 가서 살아야 해서 직장을 중간에 그만두어야 했다. 지금 와서 생각해 보면 그때 왜 감사하며 지내지 않았을까 지난날에 대한 후회를 많이 한다. 평생을 할 줄 알고 아껴두었던 것들, 나중에 시간이 되면 잘해야지 했던 것들이 영원히 할 수 없는 일이 될 줄 정말 몰랐기 때문이었다.

또한 이사를 많이 다녔기에 청담동에 새 아파트를 장만했을 땐 이젠 더 이상 이사하지 않으리라 다짐을 했다. 그래서 모든 가구를 붙박이로 다 만들어서 넣었다. 그런데 십 년이 지나자 다시 떠나야만 했다. 내 이야기를 듣던 친구는 남편과 이혼하고 혼자서 딸 키운 이야기를 했다. 백년해로를 꿈꾸었으나 삶이란 어떻게 변할지 알 수 없단다. 지금도 가끔 강릉을 가면 신혼 때부터 아이가 어렸을 때 뛰놀던 그때가 생각난단다. 그 당시에는 몰랐는데 정말 아름다운 시절이었구나. 새삼 느낀다고 했다. 어쩌면 운명이란 게 정말 있는 것 같단다. 소꿉친구는 자신은 혼자 살라는 그런 운명이란다.

갑자기 내 핸드폰이 울렸다. 아들한테서 온 것인데 둘째를 가진 며느리가 정기검진일이라 병원에 갔는데 8주된 태아의 심장이 멈춘 상태라고 한다. 계류유산이라고 하면서 의사가 바로 수술을 권했단다. 통증도 없고 아무 이상이 없었기에 당사자들도 믿기지 않고 놀란 상태란다. 나는 이미 시외버스를 타고 멀리 있는 상태라 병원에 달려갈 수가 없었다. 미안하다고 하면서 서울에 도착하는 즉시 가겠다고 했다.

세상에! 아침에 나설 땐 꽃구경 가리라 생각하고 나왔건만 연거푸 들려오는 슬픈 소식에 난감하기만 했다. 세상살이 내 뜻대로 되지 않는다는 것을 다시 느꼈다. 며늘아기는 얼마나 상심이 크겠는가. 또 그 고생은 얼마나 심하겠는가. 나도 첫 아이를 유산했다. 담임을 맡고 있던 한 아이가 결석을 해서 산등성이를 넘어서 가정방문을 하고 오니 갑자기 몸이 안 좋았다. 그 유산의 고통을 알기 때문에 더 가슴 아팠다. 여자는 이래저래 정말 고생이 많으니 정말 잘 위해 줘야 한다고 아들한테 신신당부 문자를 보냈다.

청주장례식장에서 어머니의 입관을 마치고 나온 동창 친구는 나를 붙들고 울었다. 이제 엄마를 마지막으로 보았노라고 다시는 영영 엄마 얼굴을 볼 수 없게 되었노라고 울었다. 나도 같이 울었다. 이렇게 친구랑 같이 울면서 눈물로 위로해 줄 수 있어서 얼마나 다행인가. 버스 타고 내려오면서 힘들었던 여정의 고달픔이 우리들의 눈물 속에 다 녹아 버렸다.

또 다른 얼굴이 반가워했다. 청주에 시집와서 사는 동창 친구였다. 초등학교 중학교를 같이 보낸 소꿉친구. 이렇게 수십 년 만에 할머니가 되어 이야기꽃을 피웠다. 친구가 좋은 찻집에 데려가 맛있는 커피를 사주고 터미널에 데려다주고 차표까지 끊어주었다. 그러고 보니 검은색 블라우스를 사느라 쓴 돈은 친구들이 차표 끊어주고 택시 태워주고 하는 바람에 다 메꾸어졌다. 우리는 한 치 앞을 몰라서 툴툴거리지만 모든 것은 돌고 돌아 다시 되돌아오는가 보다.

서울에 도착하자마자 아들네 집으로 갔다. 며느리의 손을 잡고 위로했다. 내가 겪은 일이기에 진심으로 그 아픔을 같이 나눌 수 있었다. 옛날 그 당시 의사 선생님이 나를 위로하기 위해 했던 말이 생각났다. 그렇게 유산이 되는 태아들은 그 자신들이 너무 병약해서 세상에 나와도 견딜 수 없어 스스로 도태되는 길을 택하는 것이라고, 너무 마음 아파하지 말라고.

집으로 돌아오는 길, 전철을 탔는데 몸이 축 늘어졌다. 예상치 못한 긴 하루였다. 장례식장에 안 가고 꽃구경을 갔으면 어떤 상황이 되었을까. 좀 더 편안한 하루였을까? 그러나 생각해 보면 내가 필요한 곳에, 꼭 있어야 하는 곳에 내가 있었던 그런 하루였다. 꽃구경은 내일 가야겠다. 꽃잎이 다 떨어지기 전에.

쓸개

아들이 병원에 입원한다는 연락을 받았다. 여름부터 소화가 안 되어 동네 병원에서 몇 달째 소화제 처방을 받았단다. 같이 이야기를 나누던 사람이 아들의 눈이 노랗게 변했다고 알려주기에 부랴부랴 내과병원을 갔는데 의사는 위의 염증이 원인이라고 약만 처방해 주었단다. 그런데 채 일주일도 되지 않아 아들은 심한 복통으로 병원 응급실에 가게 되었다. 검사 결과 담낭에 돌이 너무 많단다. 결국 담낭 제거 수술을 받았다.

그 이야기를 들으며 나는 정말 아쉬웠다. 동양의학에서는 눈이 노랗게 되면 황달이라고 해서 무조건 간과 담의 이상 신호로 본다. 의사가 동양의학을 조금만 알았으면 좋았을 텐데. 그랬다면 초음파검사를 했을 것이고 고생도 덜했을 것이다. 시술로 끝날 수 있었을 텐데 수술을 받아야 했고 그야말로 쓸개 없는 사람이 되었다. 침·뜸으로 유명한 104세 구당 할아버지는 양방과 한방이 협진을 해야 한다고 누누이 말해 왔다. 아픈 환자를 위해서 서로 배우고 서로 도와야 하는데 늘 싸움만 한다고 안타까워 했다. 이제야 그 마음을 절실히 알 것 같다.

인류가 바퀴를 사용한 것은 기원전 3천 년. 가방을 사용하기 시작한 것도 기원전 2백 년. 그러나 바퀴 달린 가방을 만든 것은 1900년대에 들어와서야 이루어졌다. 이렇게 좋은 것을 가지고 있었으면서도 서로 결합해서 사용할 수 있게 되기까지 그 오랜 세월을 보냈으니. 서양의학과 동양의학이 서로 도우며 협진을 한다면 환자들을 위해서도 좋을 텐데 안타깝기만 하다. 그러나 생각해 보면 우리 인간들의 모든 삶이 그런 것이 아닌지 모르겠다. 상대의 좋은 점을 알면서도 서로 화합하려는 마음이 없이 곳곳에서 불협화음을 만들지 않는가.

담석이 우리 집안의 내력인 것 같아 미안하기도 했다. 나도 담석이 있고 내 여동생도 담석이 있었다. 십오 년 전에 나는 지인의 병원에 우연히 들렸다가 초음파검사를 했고 담석이 있다는 진단을 받았다.

배가 아프면 무조건 병원에 가야 한단다. 무척 아프다고 했다. 그런데 곧이어 알게 된 뜸사랑 때문이었는지 그냥 잘 지내고 있었다. 구당 할아버지의 책에는 뜸을 뜨면 담석이 줄어들거나 없어진다는 여러 임상 내용이 있었다. 기본 뜸만 뜨면서 별 탈 없이 그렇게 십 년이 지나갔다.

삼 년 전에 약간의 더부룩한 느낌이 있어 대학병원에 갔더니 지금 바로 입원해서 담낭 제거 수술을 받아야 한다고 했다. 염증이 너무 심하기 때문이란다. 다음날 병원에 입원하기로 했다. 그날 저녁 뜸사랑 봉사실 카톡방에 그 이야기를 올렸더니 난리가 났다. 봉사자들이 자신들의 경험담을 이야기하며 몸의 장기는 최후까지 가지고 있는 것이 좋다고 했다. 장기를 없애는 수술은 천천히 하라고 권했다.

다음 날 바로 봉사실에 가서 간유, 담유 등의 추가 뜸자리를 잡았다. 그리고 봉사자 중에 약초를 잘 아는 분이 있었는데 그분이 먼 섬에서 자란다는 참가시나무와 금전초 등의 약초를 소포로 보내주었다. 나는 그분들의 정성을 생각해서라도 열심히 뜸도 뜨고 약초도 열심히 달여 먹었다. 그리고 그 후 아무런 불편함 없이 지낼 수 있었다.

궁금해서 금전초의 유래를 찾아보았다. 옛날 중국에 사이좋은 부부가 있었는데 어느 날 그 남편이 배가 몹시 아프다고 고통을 호소하다가 갑자기 세상을 떠났다. 아내는 그 사실이 믿기지 않고 원통

해서 의사를 찾아가 원인을 찾아 달라고 했다. 의사는 당신 남편의 담낭에서 꺼낸 돌이라고 하면서 돌 한 주먹을 주었다. 여인은 그것을 남편의 유품이라고 생각하면서 목걸이를 해서 걸고 다녔다. 그렇게 세월을 보내던 중 산에서 약초를 채취해 마을로 나르는 일을 하게 되었다. 몇 달이 걸려 그 약초를 머리에 이고 목에도 두르고 날랐는데 어느 날 보니 목걸이로 하고 다녔던 돌이 많이 녹아서 작아져 있었다. 그래서 그 의사를 찾아가서 말했고 의사가 그 약초를 실험해 보았더니 정말 담석이 녹는 것을 발견했다. 잎사귀가 화폐 동전처럼 생겨서 금전초라는 이름을 갖고 되었고 그 후로 담석 제거에 많이 쓰는 약초가 되었다.

1년쯤 지나자 내 담낭의 상태가 궁금해졌다. 대학병원을 다시 찾아갔다. 그 의사 선생님은 지난번에 찍은 내 담낭 초음파 사진과 이번의 화면을 비교해 보곤 의아해했다. 수술을 안 해도 된단다. 염증이 다 나았다고 했다.

우리 말 쓸개는 한자어로 '담膽'이다. 옛 선인들은 담에서 용기를 내는 과감한 기운이 나온다고 믿었다. 그래서 담력膽力이 세다, 대담大膽하다는 표현에 담이라는 글자를 넣었다. 또한 쓸개를 어느 쪽에도 치우침이 없이 중도와 바름을 지키는 장부로 알았기에 줏대가 있다, 줏대가 없다 등으로 표현할 때에도 쓰였다. 쓸개 없는 아들이 담력 없고 줏대도 없을까 봐 걱정이 되기도 한다.

그러나 한편 생각하니 쓸개는 그 맛이 쓰기가 어디에 비할 수가 없다. 그 쓴맛 때문에 고통의 뜻으로도 쓰인다. 쓴맛을 봤다는 뜻은 그런 뜻이다. 요즘엔 식생활과 스트레스 때문에 쓸개 수술을 받은 사람들이 많단다. 쓸개 없는 그들에게 인생의 쓴맛은 없었으면 싶다.

눈물 그리고 빛

　어느 날 문득 내가 시도 때도 없이 눈물을 흘린다는 것을 알았다. 길 가다가 한 여고생이 "아빠"하면서 전화를 하는 소리에도 돌아가신 아버지가 생각나 눈물을 훔쳤고 우리 아이들 어릴 때 놀이동산에 함께 간 시어머니 사진을 우연히 봤을 때도 눈물이 났다. 속절없이 늙어 버린 어머니의 모습이 가슴 쓰리게 아팠다. 지인의 딸이 엄마에게 선물한 시집에 쓰여 있는 글을 보고도 울었다. 엄마와 딸은 많은 갈등을 하지만 서로 사랑할 수밖에 없는 운명이라는 글을 읽었기 때문이었다. 내가 나이가 들어서라고, 작가니까 감정이 풍부해서라고, 스스로 위안을 해 보았지만 별로 위로가 되지 않았다. 곰곰 생각해 보니 결국 내 서러움이었다. 내 서글픔 때문에 순간순간 울고 있는 거라는 것을 알았다. 그리고 혹시 내가 절제력이 부족하기 때문은 아닐까 하는 생각도 들었다. 그날 이후로 나는 눈물을 흘리지 않으려고 무던히 애썼다. 어쩌다 눈물이 나올라치면 손가락을 꼬집으며 참자고 다짐한 참이었다.

모네의 그림. 아름다운 수련 위로 빛이 쏟아지고 있었다. 나는 갑자기 눈물이 났다. 나는 손가락을 꼬집으며 눈물을 참았다. 빛에 의해 꽃들의 색이 변하고 있었다. 물에 반사되어 나오는 빛. 그 찰나를 그리고자 했던 화가. 모네가 그토록 그리고자 했던 빛은 무엇일까. 모네는 아내가 죽어가는 그 순간에도 슬픔을 잊고자 그림을 그렸다. 그에게 빛은 절망과 눈물을 이겨내고 얻고자 했던 기쁨이 아닐까 생각했다. 눈물 같은 물 위에 피어 있는 수련을 보니 갑자기 수련을 닮았고 한 줄기 빛 같던 그녀가 생각났다.

어머니 혼자 계시는 강원도 집 앞에 몇 해 전에 커다란 편의점이 생겼다. 산골 작은 마을이기에 저녁만 되면 깜깜한 세상이 되는 우리 마을에 늦게까지 불 밝혀주는 편의점은 여러 가지 의미가 되었다. 도시 분위기를 맛볼 수 있는 세련된 느낌도 주었고 캄캄한 시골 길을 밝혀주는 길잡이도 되어 주었다. 마치 어두운 밤바다의 등대처럼.

편의점 아저씨는 서울의 명문대학을 나오고 사법시험을 오랜 기간 봤는데 계속 낙방의 쓴잔을 마셨다고 했다. 인사차 들린 나에게 아저씨는 자신의 대학생 딸 자랑을 했다. 듣고 보니 그 딸은 한참이 나 까마득한 내 후배가 되었다. 아줌마는 부지런하고 싹싹하고 무어 라 나무랄 데가 없었다.

어느 날 그녀가 내게 말했다. 혼자서 딸 하나를 데리고 살다가 노 총각 아저씨를 만나 재혼을 한 것이란다. 나는 깜짝 놀라서 말했다. 아저씨가 딸을 무척 자랑스러워한다고. 아저씨 딸이 공부도 잘하고 공무원 시험 준비한다고 나에게 자랑했다고. 그녀는 그런 내 말을 듣고 참 좋아했다. 그 딸이 드디어 공무원 시험에 합격을 해서 시청 에 나가게 되었다. 정말 대단하다고 요즘처럼 취업이 어려운 시기에 큰 경사가 났다며 나도 그 부부와 같이 기뻐해 주었다.

그런데 어느 날 강원도 어머니께 갔더니 편의점 그녀가 어딘가로 떠나버렸다고 했다. 아저씨가 술만 취하면 아줌마를 두들겨 팼단다. 동네 큰길가 삼거리에서 아줌마를 때리는데 차마 볼 수가 없더란다. 동네 사람들이 말려도 소용이 없었다고 했다. 수십 년 '사시낭인'으 로 살면서 결국은 실패하고 첩첩산중 촌구석에 들어와 살게 되었다 는 슬픔을 아저씨는 참을 수 없었나 보다. 그리고 술을 마시면 그 병 이 도졌던 모양이었다.

그녀가 떠나가고 나는 누구보다 서운하고 슬펐다. 그녀는 우리 집 바로 앞에 살았기 때문에 내가 어머니께 전화해도 받지 않아 애가 탈 때면 그녀에게 부탁하곤 했었다. 여인은 걱정 말라며 직접 우리 집에 가서 어머니가 잘 계심을 확인해주곤 했었다.

그녀가 떠나고 마을은 다시 적막해졌다. 아저씨는 일찍 편의점 문을 닫았다. 사람들 말에 의하면 우리 마을에는 식당이 없어서 저녁을 사 먹으러 초저녁 일찍 문을 닫고 시내에 간다고 했다. 편의점 불은 꺼지고 마을은 예전처럼 일찍 어둠에 잠겼다. 그녀가 떠나고 없는 아저씨는 수염도 깎지 않아 시커멓고 덥수룩한 모습에 옷도 추레하기 그지없었다. 나도 강원도에 가도 그녀가 있을 때처럼 그 집엔 잘 안 가게 되었다.

강원도 어머니 집 거실에 있는 시계가 멈춰져 있었다. 어머니가 말했다. 작년에 그녀가 시계 약을 갈아주었는데 이제 그녀가 없으니 시계가 이렇게 되었단다. 어머니는 당신이 인복이 없는 것 같단다. 그녀처럼 심성 착한 좋은 여인이 정들만 하니 가버렸다고 서운해 했다. 허리띠를 동여매고 일을 하던 그녀가 많이 생각났다. 쉬지 않고 일을 해서 허리가 아프다고 했는데 고장 난 우리 시계처럼 어딘가에서 멈춰 서서 눈물을 흘리고 있을 것만 같았다.

그녀 떠난 지 몇 달이 흘렀다. 어느덧 여름도 훌쩍 지나가고 서리가 하얗게 내려 앙상한 나무 위에 상고대 꽃이 폈다. 쌀쌀한 겨울 초입이었다. 강원도에 갔을 때 그녀가 다시 왔다는 소문을 들었다. 나는 부랴부랴 그녀에게 달려갔다. 잘 왔어요. 잘 왔어요. 우리 엄마가 시계 잠든 걸 보고 당신이 보고 싶다고 했어요. 그녀를 보고 이야기를 하는데 나도 모르게 눈물이 자꾸 흘렀다. 나는 손가락을 꼬집으며 눈물을 참으려고 무던히 노력했는데 멈춰지지 않았다. 그녀가 내 얼굴의 눈물을 닦아주었다.

"울지 마세요. 아주 온 것은 아니에요. 저 사람이 아파서 누워 있다 그래서 잠시 온 거에요."

"다시 오세요. 다시 오세요."

나는 울먹이며 투정을 부리듯 말했고 그녀는 머리를 흔들었다.

"언제 다시 술 먹으면 그 버릇이 나올지 몰라요."

사랑은 여러 가지 형태로 온다. 연민 또한 사랑이리라. 우리 마을을 밝히는 편의점 불빛은 다시 켜졌다. 그녀가 흘린 눈물, 내가 흘린 눈물은 이제는 멀리 멀리 흘러갔으면 싶다. 다시 켜진 빛. 마을이 환하다.

몸이 하는 말

예전에 나는 우리들의 몸은 중요하지 않다고 생각했다. 영적인 것, 정신적인 것이 훨씬 중요하지 육체 그게 뭐 그리 중요하랴. 정신세계가 풍부해야 한다. 그래서 사람은 열심히 책을 읽고 항상 공부하고 배움에 힘써야 한다. 그렇게만 생각했었다. 몸을 생각해서 운동을 해야 한다거나 영양제를 먹어야 한다거나 그런 생각을 별로 하지 않았다.

어느 날, 아침에 일어나서 침대에서 방바닥으로 발을 내딛는 순간, 칼끝이 파고드는 느낌, 휘몰아치는 고통에 소스라치게 놀랐다. 외마

디 소리가 터져 나왔다. 그 외침은 몸이 내뱉는 신음 소리였다. 몸이 내지르는 고통의 언어였다. 몸도 말을 한다. 몸이 하는 말은 우리가 이야기하는 그런 언어가 아니지만 몸도 표현을 다 한다. 외침 소리나 한숨 소리, 눈빛으로도 한다. 나는 발바닥이 너무 아파서 아침마다 소리를 질렀고 걸을 수가 없어서 바깥 외출을 할 수 없었다. 꼼짝 못하고 집에서만 하루 종일을 있었다. 서서히 마음도 침울해져 갔다. 이렇게 살면 뭐하나 싶었다. 우울증이란 것이 이런 게 아닐까 생각했다.

그런 나를 보고 딸이 수영장에 등록해 주었다. 무조건 가라고 했다. 내키지는 않았지만 딸의 정성과 등록비가 아까워서 할 수 없이 수영장으로 갔다. 물속에 몸을 담그자 어릴 적 고향 개울가에서 첨벙거리며 개헤엄, 개구리헤엄을 쳤던 몸의 감각이 되살아났다. 물이 내 몸을 그때의 어린아이처럼 받아들였고 내 몸이 물의 일부가 되는 그런 느낌이었다. 물에서 첨벙거리는 것이 너무 좋다고 몸이 말하고 있었다. 이렇게도 몸이 말을 하는구나. 나는 물속에서 그것을 처음으로 느꼈다. 내 마음도 고향 개울가를 헤엄치듯 한가롭고 평화로웠다. 내 몸은 예전에도 지금처럼 나에게 많은 말을 했을 것이다. 이제 쉬어야 한다거나 운동을 해야 한다거나 등등. 그러나 나는 그 말을 귀담아듣지 않았다.

이웃 언니가 했던 말이 생각났다. 언니는 남편의 등만 보고도 그 사람이 무슨 말을 하는지 안다고 했다. 그 등은 어떤 때는 물을 달라고 하고 어떤 때는 밥을 달라고 한단다. 남편의 등만 보고도 지금은 물이 먹고 싶구나 느껴져서 컵에 물을 따라서 갖다주고, 어떤 날은 지금은 배가 고프구나 느껴져서 얼른 밥을 차려준다고 했다. 나는 놀라서 물었다. 어떻게 그것을 알 수 있나요? 언니는 아무렇지도 않은 듯 말했다. 긴 세월 살다 보니 저절로 알게 되었다고. 그 말이 나는 참으로 신기했다.

몸이란 원래 많은 말을 한다. 고갯짓으로 이쪽이다, 저쪽이다 방향을 가리킬 수도 있고 싫다, 좋다 표현할 수도 있다. 또한 인상을 찌푸려서 기분 나쁘다고 표현하기도 하고 환한 표정으로 기쁨을 나타낼 수도 있다. 톡 쏘는 강한 눈빛으로 경멸을 나타내기도 하고 부드러운 눈빛으로 사랑을 표현하기도 하고 손짓 발짓으로도 다른 표현을 할 수 있다. 그런데 내가 한 번도 생각하지 못했던 등이라니…….

등은 표정을 보이지 않는데 그 등만 보고도 그 말을 알아듣는 언니가 정말 대단해 보였다. 등만 보고도 화가 났는지 의기소침한지를 알고 등만 보고도 몸에서 나오는 감정까지 읽을 수 있다고 했다. 화가 잔뜩 난 등과 의기소침한 등. 씩씩거리니 들썩일 것이고 의기소침하면 기가 죽을 것이니 등이 작아져 보이기도 하리라. 그런데 물을 먹고 싶은 것까지 안다는 말은 나는 도저히 이해가 되지 않았다. 부부의 사랑이 얼마나 깊으면 그렇게 되는 것일까. 그 세계가 놀랍다. 나는 내 몸이 하는 말도 알아듣지 못하고 있다가 결국 병이 들었는데. 결국 나는 내 자신을, 내 몸을 사랑하지 않으니까 이렇게 된 것이 아닐까 싶었다.

아픈 몸 때문에 뜸사랑 공부를 하면서 나는 우리 몸의 귀중함을 절실히 알게 되었다. 우리 몸은 하나의 소우주. 한곳이 아프면 그것은 점점 다른 곳까지 간다. 점점 그 아픔은 이웃으로 퍼져가고 결국은 멀리까지 간다. 몸의 가장 아래에 있던 발바닥이 아팠지만 결국은 가장 위에 있는 머리, 정신의 세계까지 가서 우울한 감정을 느끼게 했던 것처럼.

얼마 전에 크게 걱정하다가 안심했던, 잡힌 줄 알았던 눈 밑 떨림이 다시 시작되었다. 이번에는 할 수 없이 병원에 갔다. 유명한 안과 병원이었다. 이것저것 검사를 해 보았다. 안압에도 여타 어떤 것에도 아무 이상이 없단다. 마그네슘을 먹어야 하나요? 내가 물었다. 안과의사가 웃으며 말했다. 우리는 한 번도 마그네슘을 먹으라고 한 적이 없습니다. 그런데도 그 말이 그렇게 많이 퍼졌습니다. 좀 쉬십시오. 휴식을 가지고 푹 쉬어야 합니다.

나의 몸을 소중히 여기지 않고 살아온 것. 후회하고 있다.

노숙의 경험

J읍에 일정이 있어 가게 되었다. 아침에 시작되는 일정이었는데 새벽 일찍 출발하는 차가 없어서 우리 일행은 밤 기차를 타고 가기로 했다. 일행보다 먼저 용산역에 도착한 나는 의자에 앉아서 일행들을 기다리고 있었다. 앞줄에서 한 젊은 청년이 아줌마 한 분에게 무언가 설명을 하고 있었다. 그녀가 잽싸게 자리를 피해 어디론가 가버렸다. 그 청년은 내 옆에 앉아 있던 여학생에게도 무언가를 말했지만 여학생은 고개도 들지 않았다. 그저 자신의 핸드폰을 만지며 무언가에 집중해 있었다. 그 청년이 드디어 내게로 왔다.

"디자인학과에 다니는 학생인데요. 아르바이트로 소품을 만들어 팔고 있습니다. 하나만 팔아주세요." 맨 처음에 나는 다른 여인처럼 자리를 들까 생각했었고 그 다음엔 내 옆자리 여학생처럼 무시하고 핸드폰을 볼까 하고 생각했었다. 그런데 청년의 목소리가 너무 간절했다. 나도 모르게 고개를 들었고 그 청년이 손바닥에 들고 있는 물건으로 눈길이 갔다. 앳된 청년의 얼굴에 갑자기 생기가 돌았다. 목걸이인데 한 개에 만 원짜리도 있고 2만 원짜리도 있단다. 나는 귀걸이는 좋아하지만 목걸이는 별로 좋아하지 않는다. 귀걸이면 살 텐데 아쉬웠다. 그런데 앳된 청년이 영 자리를 뜰 생각을 하지 않았다. 할 수 없이 만 원짜리 목걸이 하나를 사기로 했다. 디자이너의 관점에서 하나 골라 달라고 했더니 하트 모양의 목걸이를 골라주었다. 역시 나이 어린 순수한 청년이구나 생각했다. 아직도 이 세상 어딘가에 무수한 사랑이 있으리라고 생각하는 그 마음에 가슴 짠했다.

그 청년은 나한테 물건을 팔고 그 자리를 지나 다음 줄에 있는 의자로 갔다. 한순간 나는 불현듯 저 아이는 학생이 아닐지도 모르는데 내가 속은 것은 아닐까 하는 생각이 들었다. 그래서 고개를 돌려 청년을 바라보았다. 청년의 어깨가 많이 올라가 있었다. 아까 보았을 때는 힘없이 축 처져 있던 어깨였다. 나는 다시 생각을 고쳐먹었다. 그래 좀 속았으면 어쩌랴. 저 아이가 학생이 아니면 어떠랴. 저 어린 청년에게 밥 한 끼 할 돈이 되면 그것으로 족하고 청년의 처진 어깨를 조금 올려준 걸로 만족하기로 했다. 세상은 하트 무늬가 많은 따뜻한 곳이라 믿으며 사는 것도 좋은 것이리라. 자리를 떠나며 청년이 내게 해준 말이 생각났다.

"앞으로 좋은 일들이 많이 생기실 거에요."

그런 축원의 말을 들은 것만으로도 됐다. 곧이어 일행이 왔고 우리는 KTX 밤 기차를 탔다. J읍에 내린 시간은 새벽 3시 반이었다. 예전에도 이 시간에 내려 한 번 간 적이 있는 찜질방으로 향했다. 그런데 청천벽력이었다. 찜질방을 폐업한다고 방이 나붙어 있었다. 우리 일행은 아득해졌다. 몇 군데 숙소를 알아보았지만 구할 수가 없었다. 근처 유명한 절에 단풍이 절정이라 관광객이 많았고 더군다나 이곳 지방 축제 기간이란다. 우리는 다시 역으로 향했다. 몇 시간만 견디면 되니 역에 있다가 일찍 6시 반쯤 해장국을 먹으러 가기로 했다.

역은 고요했고 불빛도 반쯤 잠들어 있었다. 의자에 앉아서 잠을 청했다. 추위가 어찌나 살을 파고드는지 도저히 눈을 감고 있을 수가 없었다. 가방에서 머플러, 셔츠 등을 꺼내서 겹겹이 몸에 둘렀다. 밤 추위가 이렇게 대단한 줄 예전엔 미처 알지 못했다. 오랜 시간 앉아 있어서인지 다리가 점점 부어오는 것 같았다. 의자에 누워보려고 시도를 해 보았는데 의자의 구조가 절대로 누울 수 없게끔 되어 있었다. 아마도 노숙자들이 혹시라도 이곳에서 잠을 잘까 봐 일부러 그렇게 만든 것 같았다. 할 수 없이 작은 역 대합실 안을 몇 번 왔다 갔다 하며 운동을 했다.

저쪽 한쪽 귀퉁이에 한 남자가 편안한 표정으로 잠을 자고 있었다. 트레이닝 바지 차림에 슬리퍼를 신은 모습이 진짜 노숙자 같아 보였다. 그러고 보니 우리가 이 역에 내린 시간부터 그 사람은 있었고 우리가 찜질방을 찾아 헤매고 혹시 숙소가 있을까 찾아 헤매던 순간에도 그 사람은 이 역을 지키고 있었던 사람이었다. 일행 중의 남자 선생님 한 분이 그 사람과 절대로 눈도 마주치면 안 된다고 하였다. 그 사람은 이곳의 터줏대감이라고 했다. 우리 모두는 그 사람을 제대로 쳐다보지도 못하고 전전긍긍했다. 아침에 역 화장실에서 양치를 하고 손을 씻었다. 우리는 여자 노숙자가 되었다.

집에 돌아와 어머니께 역에서 밤을 새웠는데 어찌나 추운지 정말 까무러칠 정도였다고 했더니 깜짝 놀라셨다. 어머니도 젊었을 때 아버님이 하도 속을 썩여서 무작정 어디론가 가려고 춘천역에 가신 적이 있었단다. 그런데 마침 열차가 떠나고 몇 시간 뒤에나 기차가 있더란다. 그래서 뭐 몇 시간쯤이야 하고 생각했는데 추위가 어찌나 살을 파고드는지 도저히 참을 수가 없었다. 그래서 집으로 다시 돌아올 수밖에 없었다. 어머니는 그 이야기를 하며 옛 생각에 웃으셨다. 그리고 노숙을 해 보지 않은 사람은 그 추위를 모른다고 했다.

몇 시간을 역에서 추위에 벌벌 떨며 지내고 보니 새삼 노숙자들의 삶을 다시 생각하게 되었다. 특히 여자 노숙자들은 그 삶이 얼마나 비참할 것인가. 남자 노숙자들의 횡포와 육체적인 어려움 등 더 많은 악조건에 놓여 있지만 우리나라의 모든 행정이 남자 노숙자들 중심으로 되어 있어서 여자 노숙자들에 대한 배려는 안중에도 없다고 한다. 생전 처음 한 노숙의 경험에서 노숙자들 특히 여자 노숙자들은 얼마나 힘들까를 생각했다.

앵두

올해는 어머니 생신을 못 지내는가 했다. 어머니가 혼자 계시다 새벽에 구급차에 실려 응급실로, 중환자실로…… 기나긴 시간을 보냈다. 어머니는 고향에 다시 돌아왔고 주말에 어머니 생신을 가족들과 지낼 수 있었다. 바쁜 사람들은 일요일에 다 떠나고 나만 남았다. 나는 올해 어머니 생신날까지 남아 있고 싶었다. 그리고 둘이서 미역국을 다시 끓여 먹었다. 어머니가 무언가가 생각난 듯 냉장고 깊숙이 들어있던 그릇 하나를 꺼냈다. 빨갛게 익은 앵두였다. 애들 주려고 부지런히 따 놓았는데 깜빡하고 꺼내 놓지를 못했단다. 냉장고 깊숙한 곳에 있었던 앵두는 시원하다 못해 얼어 있었다. 기다리다 지쳐 붉은 빛 그대로 얼어 있었다. 그래도 입에 넣어 보니 살살 녹는다. 달고 새콤한 맛, 고향의 맛이다.

그러고 보니 앵두는 엄마가 병원 중환자실에 입원하고 있는 동안에도 혼자 고향 집을 지키며 차곡차곡 붉은 빛을 채우고 있었나 보다. 즐겨 부르던 〈고향의 봄〉, 그 노래 가사에 앵두꽃은 없지만 나는 항상 고향 하면 앵두꽃을 생각한다. 익은 앵두의 시절은 눈 깜짝할 사이에 지나간다. 앵두는 오래도록 달려 있지 않는다. 어머니는 언제나 앵두를 따 놓고 우리를 기다리지만 바쁜 아들딸은 고향에 갈 시간이 없다. 냉장고에서 앵두는 시원해졌다가 얼었다가 스스로 지쳐 상해간다. 어쩌다 내가 가는 날이면 어머니가 주는 앵두를 혼자서 이가 시리도록 먹는다. 먹고 남은 앵두는 다시 나에게 싸준다.

모임에 가서 고향 앵두를 풀었다. 그런데 사람들의 반응이 영 시큰둥했다. 누구 코에 붙이겠나, 모자랄 거야, 하면서 걱정을 했는데 수북이 그대로 남아 있었다. 서로 사양하느라고 그런 줄 알았다. 왜 안 드세요? 드셔보세요. 내가 재촉하자 사람들이 실토했다. 먹을 것도 없이 씨만 커서 불편하고 별맛도 없단다. 나는 깜짝 놀랐다. 나는 안절부절못하면서 부연설명을 했다. 옛날에 "앵두 같은 입술"이라는 표현도 쓰잖아요. "앵두나무 우물가에……." 이런 노래도 불렀잖아요. 추억으로 먹는 거지요 라고 했더니 그다음에 들려오는 대답이 이랬다.

"앵두에 대한 추억이 없어요."

나는 무어라 말할 수 없는 아득함을 느꼈다. 마치 얼마 전 손자와 이야기할 때처럼. 옥수수를 좋아하는 손자에게 내가 말했다. "할머니 고향에 옥수수가 익으면 시언이한테 보내 줄게." 손자가 갑자기 눈을 반짝이며 물었다. "고양이요? 야옹이요?" 나는 4살짜리에게 무어라 설명을 할 수가 없어서 난감했다. 고향을 무어라고 설명할 것인가? 나중에 며느리가 할머니가 태어난 곳, 자란 곳이라고 하면 이해할 거라고 알려주었지만 나는 그 당시에 놀라서 어떻게 설명을 할 수가 없었다. 이사를 많이 다닌 우리 아이들처럼 요즘 아이들에겐 고향이란 개념이 없다는데 하는 생각으로 그저 막막했을 뿐이었다.

씨를 뱉어내야 하는 불편함 때문에 먹기 귀찮다는 나이든 분들과 앵두에 대한 추억이 없어서 앵두를 먹고 싶지 않다는 젊은 엄마들에게 나는 할 말이 없었다. 내가 사랑하는 앵두가 이렇게 사라져 가겠구나 하는 서글픔을 느꼈다

예전에 앵두는 그해에 처음으로 익는 과일이라 대단히 귀하디귀한 거였다. 그래서 종묘제사에 반드시 올렸다. 특히 세종대왕이 앵두를 너무 좋아해서 효심이 지극한 문종은 궁궐 내에 앵두나무를 심었고 열심히 돌보았으며 앵두가 익으면 직접 따서 아버님께 드렸다. 그것을 받아 들고 세종도 몹시 기뻐하면서 즐겨 드셨다. 지금도 궁

궐에는 앵두가 익는다. 궁궐해설사로 자원봉사를 하는 동생 말에 의하면 몇 년 전만 해도 궁궐 구경을 하러 오는 사람들이 하도 앵두를 따 먹어서 일부러 약을 쳤다고 거짓으로 엄포를 놓기도 했다. 그런데 세월이 흐르자 지금 사람들은 앵두를 거들떠보지도 않는단다. 앵두도 잘 모르고, 모르니까 따 먹을 생각도 안 한다. 그만큼 앵두에 대한 추억을 가지고 있는 사람들이 없는 것이리라.

우리 어렸을 적 부르던 동요에는 "아가야 나오너라. 달 따러 가자. 앵두 따서 실에 꿰어 목에다 걸고……." 이런 노래도 불렀었고 정지용의 시에도 "앵도나무 밑에서 우리는 늘 셋 동무"라는 구절도 있으니 아이들은 그곳에서 늘 놀았건만. 꾀꼬리도 좋아해서 먹는다는 앵두, 앵두가 많이 없어져서 이젠 꾀꼬리도 드문 것인가. 고향에 가도 뻐꾸기 소리는 들어도 꾀꼬리 소리는 별로 듣지 못했다.

고향에 어머니한테 간다고 하면 사람들이 부러워한다. 참 좋을 때라고. 어머니 있을 때 부지런히 가라고 한다. 내 고향엔 어머니도 있고 그리고 앵두도 있다.

제4부

소원이 이루어진대

"올해는 꽃구경도 제대로 못했는데······. 봄날이 이렇게 가네."

어머니 말씀에 괜스레 마음이 짠해졌다. 유난히 봄꽃을 좋아하는 할머니를 위해 딸과 사위는 진해 벚꽃축제에 나와 함께 보내준 적도 있었다. 해마다 아들은 봄이 되면 하루 휴가를 내어 할머니 꽃구경을 시켜주었다. 그런데 올해는 더 바쁜지 통 소식이 없었다. 이제 곧 두 아이의 아빠가 되니 시간 없는 것이 당연하리라 생각하고 아무런 말도 하지 못했다. 어머니가 작년만 해도 걸음 걷는데 크게 불편해하지 않으셨는데 올해는 더 힘들어서 대중교통으로는 도저히 엄두가 나지 않았다. 봄날이 속절없이 가고 있었다. 주변의 벚꽃은 이미 다 지고 없었다.

"연분홍 치마가 봄바람에 휘날리더라……." 이렇게 시작하는 〈봄날은 간다〉라는 노래가 방송에서 나오고 있었다. 이 노래를 들을 때마다 왜 눈물이 고일까? 쌓인 한은 너무나 많은데 가수가 담담하게 불러서 그렇다는 해석도 있었다.

한국전쟁과 휴전으로 어수선한 시절, 그림을 그리고 시를 쓰던 아들은 방랑의 길을 나섰고 어머니는 늘 아들을 기다렸다. 남편 없이 키운 아들은 떠돌이 생활로 돌아올 기약도 없었고 봄이 오고 갈 때마다 엄마는 그리움에 목말라했다. 19살 시집올 때 입고 온 연분홍 한복을 아들이 장가갈 때 입고 싶다고 어머니는 늘 유언처럼 말했단다. 나중에 그 아들이 어머니의 마음을 글로 써 노랫말이 되었다. 지금도 해외교포들 위문 공연을 가면 그 노래를 부를 때 가장 많은 사람들이 운단다. 어머니들은 그리고 여인들은 왜 분홍빛에 끌리는가? 그리움 때문인가? 어머니가 꽃구경을 못했다고 하는 것도 분홍색 벚꽃을 못 보았다는 의미이기도 하다. 올해는 이렇게 봄날이 가나 보다 하는 어머니 말씀에 나는 또 그 노래가 생각났다.

그런데 마침 가족 모임 때문에 아들 식구들이 왔다. 나는 얼른 할머니를 모시고 꽃구경을 가자고 했다. 꽃은 이미 다 지고 없을 거라는 아들의 말에 작년에 우연히 갔던 어떤 농장을 상기시켰다. 다른 곳은 다 지고 없는 시절이었는데 그 농원에는 그때가 한창이었다. 농원 이름이 기억나지 않으니 이곳저곳을 한참 헤맬 수밖에 없었다. 그래도 결국은 찾았다. 그곳은 벚꽃이 그야말로 천국을 이루고 있었다. 아마 의정부에서도 한참 북쪽이고 깊은 산속에 있어서 그런 것 같았다. 아들은 할머니를 부축하고 걸었고 나는 다섯 살짜리 손자의 손을 잡고 꽃길을 걸었다. 만삭의 며느리는 쫓아오기 힘드니 내가 손자랑 걸음을 맞출 수밖에 없었다. 얼마 못 가 어머니는 힘들다고 바위에 걸터앉았고 아들은 할머니 옆에 앉아 오순도순 이야기를 시작했다. 꽃그늘 속에 다정히 앉아 이야기하는 조손의 모습이 보기 좋았다.

다섯 살 손자는 오직 직진뿐이다. 빽빽하게 울창한 벚나무. 무리지어 활짝 핀 분홍벚꽃들은 풍선처럼 빵빵하게 부풀어 있었다. 순간 바람이 살랑 볼을 스친다고 생각했는데 벚꽃들은 그 여린 바람에도 팡팡 터지고 말았다. 그야말로 분홍색 꽃잎들이 온 하늘을 뒤덮으며 떨어지기 시작했다.

"꽃이 눈처럼 내려요."

손자가 놀라서 소리를 질렀다. 정말 그랬다. 분홍색 눈이 내리는 것 같았다. 꽃비가, 꽃눈이 그렇게 많이 내리는 것을 나도 처음 보았다. 한 손은 손자를 잡고 있었으므로 다른 한 손을 옆으로 벌렸다. 손바닥을 하늘로 향해 조금 들어 올렸다. 손자도 나를 따라서 한쪽

손의 손바닥을 위로 향해 공손히 들어 올렸다.

"떨어지는 꽃잎을 받으면 소원이 이루어진대."

나는 손자에게 작은 소리로 이야기했는데 그 아이가 이해를 했는지는 잘 모르겠다. 아무튼 우리는 한참 동안 무수히 내리는 꽃비 속에 손바닥을 위로 들고 서 있었다. 그러나 정말 단 하나의 꽃잎도 받지 못했다. 나는 말을 안 했지만 조금 속상했다. 그러나 손자는 곧바로 주변에서 놀고 있는 형들을 발견하고 그들과 같이 즐겁게 나뭇가지 놀이를 했고 그 바람에 나는 금방 명랑해질 수 있었다. 계속 나뭇가지를 줍고 손자에게 날라다 주어야 했으므로 다른 생각을 할 틈도 없었다.

그날 밤 여러 장의 사진이 왔다. 며느리가 뒤에서 찍어준 사진이었다. 나와 손자가 걷고 있었고 뛰어놀고 있었다. 그중에는 꽃비 속에 둘이서 손을 벌리고 있는 사진도 있었다. 사진을 자세히 보려고 확대했을 때 나는 보았다. 내 뒷머리 정수리에 붙어 있는 분홍색 꽃잎을. 손자 옷에도 선명한 분홍색 꽃잎이 붙어 있었다. 못 받았다고 속상해 했던 그 핑크색 꽃잎들이 이미 우리에게는 내려와 붙어 있었다.

어머니는 단풍이었다

반짝! 핸드폰에서 불빛이 흘러나왔다. 푸른빛이었다. 아니 붉은빛
이었다. 단풍 사진이었다. 여기저기서 지인들이 사진을 보냈다. 직
접 가서 찍은 것도 있고 누군가가 찍은 유명한 곳의 단풍 사진도 있
었다. 사진 속에서 파란 잎, 노란 잎, 붉은 잎이 손짓하며 부르고 있
었다. 나는 사람들이 부르면 어디든지 달려갈 수 있었다. 그러다가
몸이 아픈 어머니가 생각났다. 사실 어머니는 강원도 산골에 계시니
집을 빙 두르고 있는 것이 산이고 그 계절의 산은 온통 화려한 치장
을 하는 빛나는 시절이었다. 코로나 영향으로 자식들이 마음대로 모

시고 다니지도 못하지만 몸마저 아프니 어머니는 그저 집 앞 의자에 앉아서 먼 산을 바라보고만 있을 뿐이었다.

예전에 벚꽃이 한창 필 때 이웃 언니가 하던 말이 생각났다. 벚꽃놀이를 몹시 가고 싶었단다. 애타게 가고 싶다고 했더니 언니의 남편이 말하길 살고 있는 아파트 주변이 다 벚꽃인데 어디로 꽃 구경을 가느냐고 하더란다. 그 말이 너무나 야속하고 속상해서 눈물이 나더라고 했다. 나도 언니의 말에 동의했다. 모름지기 구경은 나서야 한다.

강원도 어머니께 도착해서 택시를 불렀다. 마침 택시기사님이 여동생의 중학교 동창이었다. 우리의 사정을 이야기하고 어머니를 앞좌석에 모셨다. 그리고 이웃 동네의 유명한 곳을 찾아서 경기도까지 빙 둘러 보고 오기로 했다. 차가 고불고불 산길을 달렸다. 아픈 어머니를 생각해서 기사가 천천히 가주었다. 조선시대 성리학자 김주승이 말년을 보냈던 유명한 삼일리 계곡, 화엄동정사지를 지났다. 꽃 피는 봄보다 산은 더욱 붉어서 아름다웠고 맑은 물 흐르는 소리는 청아해서 고귀한 음악을 듣는 것 같았다. 왜 그분이 이곳에서 지냈는지 알 것 같았다. 길가에도 산에도 나란히 이웃해서 붙어 있는 나무는 같은 환경에서 자랐을 텐데 똑같은 노랑이 아니고 똑같은 붉은 색이 아니었다. 제각각의 다른 색으로 영롱한 빛을 뿜었다. 같은 부모 밑에서 자랐지만 개성이 다 다른 우리 형제자매들 생각이 났다.

강원도와 경기도 경계에 자리한 화악산은 높은 위용을 자랑했다. 긴 터널 속으로 들어갔다. 어머니의 삶도 이런 긴 터널이 있었다. 산 위에 있는 꽃도 볼 수 없고 단풍도 볼 수 없는 긴 시간이었다. 젊어서는 한량인 남편을 대신해서 자식들을 키워야 했던 삶의 무게가 그러했고 늙어서는 식도암 수술 후의 긴 투병 생활이 그러하다. 터널 끝에 다다라 햇빛이 보일 때까지 차가 달리듯 어머니는 그저 살아내야만 했다. 터널을 나오니 밝은 햇빛이 쏟아졌다. 길가에 있는 빨간 단풍잎 사이사이로 하늘에서 쏟아지는 햇살. 단풍잎 잎사귀 끝으로 빛이 길게 꼬리를 이으며 나오고 나뭇잎의 가는 손은 하늘에 닿아 있었다. 그곳에서 바라보는 산 정상엔 벌써 단풍이 지고 갈색이 되어 있었다. 저곳의 단풍들은 다 어디로 갔을까. 하늘로 갔을까.

택시기사가 이곳에서 사진을 한 장 찍자고 했다. 쌈지공원이라는 팻말이 붙어 있었다. 어머니랑 나란히 서서 사진을 찍었다. 어머니는 어설프게 서고 나는 어머니 팔짱을 꼈다. 잡히는 어머니 팔이 몹시 가늘어서 왠지 코끝이 찡했다. 어머니는 나무처럼 자신의 잎을 말리는 중인가. 그래도 어머니 얼굴에는 즐거움으로 화색이 돌았다. 어머니는 단풍이었다.

마스크를 한 채로 사진을 찍었더니 기사가 한 장은 마스크를 벗고 찍자고 했다. 먼 훗날 세월이 지나면 이 시절엔 산에 가서도 이렇게 마스크를 쓰고 사진을 찍었다고 회상하리라 생각하니 한편 웃음이 나왔다. 그 사진을 동생들에게 보냈다. 막냇동생이 그곳이 오늘 실시간 검색어에 오른 유명한 곳이란다. '화사'라는 연예인이 별을 보러가서 감탄을 한 곳이란다. 아름다운 별들이 온 세상 가득한 곳. 별이 너무 많아서 은하수도 그냥 볼 수 있는 곳. 사람들 사이에 난리가 났는데 언니는 어떻게 알고 그곳에 갔느냐고 물었다. 모르고 갔다고 했더니 웃음소리를 카톡으로 보내왔다. 단풍잎을 바라보다가 하늘을 바라보았다. 이곳에서는 단풍잎이 다 하늘에 닿을 수 있겠다. 무수한 나뭇잎들이, 단풍잎들이 밤에는 별이 되겠구나 생각했다.

천천히 굽이굽이 산을 내려왔다. 마을이 곳곳에 보였다. 명지산, 연인산, 그리고 조무락골이란 안내판이 있었다. 참 재미있는 이름이다. 나는 신이 조몰조몰해서 아름다운 골짜기로 만든 곳이라 그런 이름이 붙었을까 생각했다. 삼거리에 있는 우리 집에 가끔 사람들이 조무락골에 가려면 어디로 가느냐고 묻곤 했다. 잘 모르겠다고 말하면 아버지가 한 방향을 알려주었다. 아버지는 가 보았다고, 참 좋은 곳이라고 했다. 나와 어머니도 그 후엔 알려 줄 수 있었다. 가 보지 못했지만 알려만 주던 곳이 여기였다. 조무락이란 한자를 읽는 순간 나는 아버지가 왜 그곳을 좋아했는지를 알았다. 조무락鳥舞樂골은 새가 즐겁게 춤추는 곳이었다. 새가 춤추는 곳은 많지만 즐겁게 춤추는 곳은 귀하다. 편안해서, 외부의 위협이 없어서 즐겁게 춤출 수 있는 곳. 천재인 아버지는 작은 산골이 답답했고 언제나 새처럼 훨훨 날아다니고 싶어 집을 떠나곤 했다. 그 대신 어머니는 언제나 집을 지켜야만 했다.

싸하게 바람이 불었다. 나뭇잎을 스치는 바람 소리가 피리 소리처럼 들렸다. 떨어지는 형형색색의 단풍잎들이 작은 새들이 춤추는 것처럼 아름다웠다. 산속 절에서 치는 종소리도 들렸다. 풍경 소리도 바람에 실려 왔다. 바람 소리, 종소리, 풍경 소리 그리고 물소리, 모두 음악이 되어 흘렀고 나뭇잎들은 새가 되어 춤을 추었다.

어머니는 평상시에 버스를 타도 끄떡끄떡 잘 주무셨다. 약 기운이라고 생각했다. 그런데 오늘은 한 번도 졸지 않았고 즐겁게 이곳저곳을 살펴봤다. 얼굴에 화색이 도는 어머니는 단풍이었다. 잘 물든 단풍은 꽃보다 아름답다는 스님의 말씀처럼 어머니는 아름다웠다. 산 높은 곳의 붉은 단풍은 산벚꽃나무의 잎이다. 봄이면 연분홍의 화사한 꽃으로 산천을 수놓고 가을엔 아름다운 단풍으로 행복을 주는 산벚꽃나무, 자신의 본분을 다했기에 젊어서도 늙어서도 아름다운 내 어머니 같다.

택시가 강원도 도계에 접어들었다. 시간은 어느새 한 시간 40분이 흘러가고 있었다. 그제야 택시미터기를 보니 9만 원이 벌써 넘어가고 있었다. 아뿔사! 돈이 모자랄 수도 있겠다. 나는 한 5만 원이면 되려니 생각했었다. 외투와 바지 주머니를 모두 뒤지고 내 가방 안을 몽땅 뒤졌다. 싹 다 털었더니 딱 구만이천 원이 나왔다. 택시요금이 딱 구만이천 원이었다.

지랄하네

아는 언니가 전화를 걸어왔다. 심부름 하나를 부탁했다. 그런데 아무리 생각해봐도 이런 일 저런 일로 눈코 뜰 새 없이 바쁠 때라 도저히 할 수가 없었다. 나중에 다른 심부름을 대신에 하겠다고 했다. 언니가 무심코 말했다.

"지랄하네……."

나는 깜짝 놀랐다. 이 말을 들은 지 정말 오래되었다. 어릴 때 친정 어머니한테 무수히 들었던 말이었다. 그래서 그런지 싫은 감정은 일어나지 않았고 웃음이 나왔다. 내가 호호호 웃었더니 언니가 의아해

했다. 친정엄마 생각이 난다고 했더니 언니도 웃었다. 언뜻 들으면 욕과 같은 이런 말을 서로 해도 괜찮고 들어도 괜찮은 사이란 좋은 사이이다. 같은 말이라도 하는 사람에 따라서 다르게 들리기도 한다는 것을 나는 알고 있다.

"지랄하네"

이 말을 많이 들으면서 자라서인지 가끔 이 말이 나도 모르게 불쑥 나올 때도 있다. 딸이 중학생일 때 어느 날 이 말이 불쑥 나왔는데 사춘기 딸이 깜짝 놀라더니 어떻게 엄마가 그런 말을 쓸 수 있냐고 난리였다. 그때 나는 알았다. 말이란 것이 시대에 따라 변한다는 것을…… 그 후엔 이 말이 입 밖에 나오는 일이 없도록 조심조심했다. 그래서 그런지 내겐 잊혀가는 말이었다. 그런데 그날 이 말을 들은 나는 나도 모르게 실실 웃으며 하루 종일을 보냈다. 그날에서야 사람들이 욕쟁이 할머니 식당에 꾸역꾸역 가는 이유를 알았다. 그 말엔 내 어린 날의 추억이 있었다. 욕을 하는 젊은 친정어머니가 거기에 있었다. 어머니의 사랑이 거기에 있었다. 마음대로 커주지 않는 자식, 그 애달프고 안타까운 사랑. 저절로 욕이 되어 나오는 그 지독한 사랑.

지랄이란 간질병이다. 쓰러지면서 거품을 문다. 서양에서는 카이사르, 알렉산더, 한니발, 소크라테스, 잔 다르크 등이 간질을 가졌다고 전해진다. 이중엔 진짜 이 병을 가진 사람도 있지만 때로는 사람들의 마음속에 이런 영웅들은 일반인과 다르다는 인식이 있었기에 그들을 신과 교류하는 인물로 만들고 싶어 신병을 가진 것처럼 간질로 묘사한 것 같다는 의견의 글도 있었다. 그만큼 놀라운 병이니까 그런 생각도 했을 것이다.

아들이 대학생일 때 저녁이 되어 집에 와서는 오늘 깜짝 놀랄 일이 있었다고 했다. 아들이 친구와 둘이서 점심을 먹고 있는데 갑자기 친구가 쓰러졌단다. 식당 주인이 119를 불렀고 아들이 병원에 동행하게 되었다. 그런데 깨어난 친구가 병원 진료를 받지 않겠다고 했다. 아들이 놀라서 물었더니 병원 진료 기록이 남으면 취업을 못 한다면서 진료받지 않겠다고 했고 결국 그냥 병원 문을 나설 수밖에 없었단다.

그때 나는 뜸사랑 봉사실을 열심히 다닐 때였는데 아들이 물었다. 뜸이 그 병에도 효과가 있는지. 나는 잘 알지 못했기에 다음에 물어보고 알려주겠다고 했다. 그다음 봉사실을 갔을 때 구당 선생님 따님인 선배 봉사자에게 물어보았다. 구당 선생님 침술원에 간질을 앓는 환자들도 많이 왔다고 했다. 한순간에 싹 낫는 것은 아니지만 발생 빈도가 현저히 줄어들었다고 했다. 한 달에 한 번 하던 사람이 두 달에 한 번 그리곤 세 달에 한 번, 그리고 1년에 한 번 이런 식으로 점차 간격이 벌어졌고, 그에 따라 삶의 질이 달라졌다고 했다. 반가운 마음에 아들에게 그 이야기를 해주고 친구를 뜸사랑 봉사실에 데려오던가 구당 선생님께 직접 찾아가 보라고 했는데 오지는 않았다. 현대를 사는 젊은 청년들이 뜸이라는 원시적인 방법을 믿지 못해서인 것 같아서 아쉬웠다.

뜸사랑 봉사를 하던 공대 교수님이 있었다. 나중에 코이카 단원으로 대학생들에게 컴퓨터 교육을 하러 외국에 갔다. 그 지역의 한 청년이 한 달에 한 번씩 발작을 일으키는 것을 보고 우리나라에 뜸이란 치료법이 있는데 한 번 해 보겠느냐고 했더니 하고 싶다고 해서 무극보양뜸을 해주었다. 그리고 매일 뜸을 뜨도록 했다. 무극보양뜸은 구당 선생님이 8개의 혈자리에 뜸을 뜨도록 한 뜸법이다. 그 봉사자가 그곳에서 1년을 채우고 한국으로 돌아올 때까지 그 청년은 한번도 발작을 하지 않았다. 구당 선생님의 무극보양뜸에 백회라는 머리 혈자리가 있는데 그 영향이 큰 것 같다고 했다. 그런 말을 들은 이후에 나는 그냥 지푸라기라도 잡는 심정으로 한번 해 보는 것도 좋을 것이라 생각한다. 근래에 미국이나 유럽에서 침구대학이 많이 생기고 있는데 신경통이나 정신질환에 우수하다는 것이 입증되었기 때문이라고 한다.

간질은 천형, 하늘의 형벌이라 하여 옛날에는 치료를 안 해주려고 하던 시절도 있었다. 하늘이 주는 벌을 우리 인간이 낫게 하면 안 된다는 생각에서였다. 그런데 구당 선생님의 스승인 구당의 형님은 사람이 아픈데 반드시 치료해야 한다고 강조했단다. 그런 노력 끝에 나온 치료법이라 효과가 있는지도 모르겠다.

간질에 대한 글을 읽으면서 깜짝 놀란 것이 또 하나 있다. 나는 예전에 우리 아이들이 클 때 떼를 쓰면 아이가 땡깡이 심하다는 말을 종종 하곤 했었다. 그 땡깡이라는 말이 간질을 가리키는 일본말이어서 정말 놀랐다. 한자로는 전간인데(미칠 전癲, 간질 간癎) 그 일본식 발음이 땡깡이다. 일제강점기 시절 일본인들이 조선인들을 얕잡아보고 욕을 한 것이다. 조선인들이 지랄을 한다는 뜻으로 조선인들이 땡깡을 부린다고 말했는데 그 말을 듣고 살았던 조선 사람들이 그때 들었던 말을 버리지 못하고 그대로 땡깡이라는 말을 쓴다는 것이다. 세상에나. 나는 아이들이 떼쓰고 강짜를 부린다는 뜻인 줄 알았다. 앞으로는 절대로 쓰지 말아야지 다짐하고 다짐했다. 혹시 손자들한테 쓸까 봐 조심조심하고 있다.

'용천 지랄하네'라는 말도 예전에는 많이 썼다고 한다. 꼴사나운 지랄이라는 욕설인데 용천은 문둥병을 표현한 것이기도 하다. 그런데 용천湧泉이란 혈은 발바닥에 있는 정혈이다. 열병이 났을 때 구급혈로 쓰는 정혈井穴은 경맥의 기가 샘물이 솟구치는 듯한 혈인데 모두 손가락 발가락 끝에 있다. 오직 하나 용천이라는 혈만 발바닥에 있다. 그래서 유별나게 튀는 사람에게 하는 욕이라고 했다.

시어머니께서 즐겨보시는 드라마는 소위 막장 드라마가 많다. 꼭 무지막지한 악녀가 나온다.

"저 나쁜 년, 지랄하네."

거실에서 텔레비전을 보시던 어머니가 악녀에게 소리를 질렀다. 식구들이 모두 놀랐다. 한 번은 식사 자리에서 누군가 그런 욕을 안 하시는 게 좋겠다는 의견을 말씀드렸더니 어떤 정신과 의사가 텔레비전 프로그램에 나와서 스트레스를 푸는 방법으로 아주 좋다며 추천했단다. 말려서 될 일이 아니었다. 그래도 특히 나와 둘이만 집에 있을 때 어머니 욕이 들리면 나는 놀라고 마음이 편치 않다. 꼭 나한테 하는 것만 같다. 그러다 생각했다. 예전에 우리들은 부모가 나가 죽어라 하고 욕을 해도 나가 죽지 않았다. 그런데 요즘 아이들은 정말 나가 죽는단다. 욕도 나름대로 잘 처방하면 좋은 것이 되리라. 내가 잘 견디면 세상에서 듣는 욕에도 초연할 수 있으리라 생각했다. 그리고 언젠가 들었던 스님 말씀도 생각났다. 누군가 선물을 주었을 때 받지 않으면 그것은 주는 사람의 것이 된다. 욕도 마찬가지다. 결국 하는 사람의 것이 된다는 말이었다.

지금은 지랄병이란 말도 간질이란 병명도 쓰지 않는다. 마치 벙어리장갑이나 여류작가처럼……. 요즘은 뇌전증이라는 단어를 쓴다. 어디에서도 실수하지 않도록 소리 내어 읽어 본다.

썩은 나무와 모피코트

강원도의 아침은 차가웠다. 영하의 기온이었고 차가운 바람이 불었다. 체감기온이 많이 내려갔다. 이렇게 추운 날 하필이면 어머니를 모시고 읍내 면사무소에 가야 했다. 12월도 되지 않은 조금 이른 철이긴 하지만 오늘은 어머니께 모피코트를 입혀 드려야겠다 생각했다. 그런데 아무리 찾아도 모피코트가 없었다. 할 수 없이 어머니께 여쭈어 보았다.

"모피코트 어디 있어요?"

어머니가 멈칫했다.

"혹시 버리셨어요?"

어머니가 고개를 끄덕였다. 세상에. 나는 거실 바닥에 털썩 주저앉았다. 아득해졌다. 정신이 하나도 없었다. 그걸 왜 버리셨냐고 물으니 "날이 크게 춥지도 않아서……." 혼잣말처럼 중얼거렸다. 모피도 패딩도 겨울에 입을 긴 옷을 다 버려서 조끼 하나밖에 없었다. 화가 치밀었다. 어머니는 작년부터 모든 짐을 버리며 나름대로 당신의 생을 정리 중이다. 나중에 자식들 힘들다고 죽기 전에 정리해야 한다고 뭐든지 내다 버린다.

인도 갠지스강에 죽음을 맞이하기 위해 왔다던 84세 할머니가 생각났다. 그 강에서 죽는 것이 소원이어서 강가에 온 지가 30년이 되었다고 했다. 죽음이 언제 오는지 누가 알 수 있을까. 어머니의 버리기는 너무 과했다. 추운 겨울은 다가오는데 입을 옷이 없다니 어머니는 자식들을 또 불효자로 만들려나 보다. 언젠가 읽었던 옛이야기가 생각이 났다.

어느 마을에 불효자로 소문난 사람이 있었다. 그 사람은 불효자로 욕먹는 게 지쳐서 이웃 마을에 효자로 소문난 사람을 찾아갔다. 어떻게 하면 당신처럼 효자가 될 수 있느냐고 물었다. 그 사람은 말했다. 나는 추운 겨울날 부모님 신발을 가슴에 품고 있다가 꺼내드립니다. 불효자는 그 말을 듣고 와서 부모님의 신발을 가슴에 품었다. 그러나 그것을 본 그의 부모님은 크게 노했다. 버르장머리 없이 부모님 신발을 함부로 손댔다고 난리가 났다. 불효자는 이해할 수가 없었다. 똑같은 행동에도 상반된 말을 들으며 불효자로 살 수밖에 없는 자신의 처지가 딱했다. 불효자건 효자건 그 또한 부모님이 만드는 거라는 내용의 이야기였다.

작년 겨울 어머니를 온천에 모시고 갔을 때였다. 평소에도 옷 입는 것에는 관심이 없는 어머니는 가마솥에 불을 지피다가 불똥이 튀어서 구멍이 숭숭 난 바지를 입고 나섰다. 내가 아무리 갈아입고 길을 나서자고 해도 막무가내였다. 늙은이는 아무도 쳐다보지 않는다는 것이었다. 그런데 그날 버스정류소에 서 있는 나와 어머니를 아주머니 한 분이 물끄러미 쳐다보다가 어떻게 되는 사이냐고 나에게 물었다. 어머니라고 말씀드렸더니 옷을 좀 사 입혀서 모시고 다니라고 말했다. 나는 얼굴이 화끈 달아올랐다.

그날 내가 집에 오자마자 곧바로 홈쇼핑에서 산 것이 긴 모피코트였다. 한두 번 입으시더니 어머니는 모피코트를 탐탁지 않아 했다. 무겁고 불편하다고 했다. 그러나 나는 들은 체도 하지 않았다. 어머니가 그 옷을 입고 나서면 나는 뿌듯했다. 정말 멋져 보였다. 산골 할머니는 귀부인이 되었다. 부드럽게 흐르는 모피의 결이 사람을 달라 보이게 했다. 얼굴마저 윤택하게 보이게 했다. 온천이 있는 그 읍내엔 긴 모피 옷 입고 겨울 서너 달을 매주 나오는 우리 어머니가 알게 모르게 유명한 사람이 되었다. 언젠가 내가 혼자 그곳 버스정류소에 모피를 입고 서 있었다. 터미널 사무실을 관리하는 아저씨가 나에게 오더니 오늘은 할머니 옷을 입고 왔느냐고 물었다. 내가 입은 모피는 모양과 색깔이 전혀 다르고 길이도 짧은 거였는데 그 아저씨는 우리 어머니의 모피가 그렇게 인상적이었던 모양이었다.

비싼 모피 옷을 딱 한 해 겨울만 입고 그렇게 버리다니 속이 이만저만 상한 게 아니었다. 나는 속으로 끙끙 앓았다. 머리가 아프고 속이 메슥거렸다. 밖에 나와 보니 우리 집을 빙 둘러서 쌓여 있는 낡은 나뭇단들이 눈에 들어왔다. 어머니가 이고 지고 날라 온 것들이다. 우리 집은 기름보일러를 놓은 지 30년이 되었다. 저런 쓸데없는 나무들을 버리지 왜 모피 옷을 버렸을까. 나는 다시 울화가 치밀었다. 어머니에게 모피코트란 썩은 나무 하나만도 못한 거였다.

우리 집 마당에 있는 가마솥은 어쩌다 여름에 옥수수를 쪄서 먹는 것이 고작이다. 그 가마솥은 사용하지 않으면 녹이 슬기 때문에 가끔 물을 끓이는 용도밖에 할 것이 없다. 그런데 어머니는 부러진 나무만 보면 여기저기서 끌고 오신다. 떨어진 솔잎도 한없이 긁어모아 온다. 이제 더 이상 불 지필 일이 없으니 그러지 말라 해도 아픈 허리를 부여잡고 멈추지 않았다. 그래서 우리 집 둘레에는 나무가 산처럼 수북하다. 푸르던 나무는 마르고 솔잎은 누렇게 퇴색되어 먼지가 되어가는 중이다. 한번은 어머니가 가마솥에 불을 피우다가 불똥이 튀어 쌓아둔 나무에 불이 붙었다. 산불 조심 강조 기간이었고 연기를 본 누군가의 신고로 119 소방차가 출동하기도 했다.

《세상에 이런 일이》란 프로그램에 허리가 90도로 굽은 한 할머니가 산에서 계속 나무를 해오는 장면이 나왔다. 이상한 할머니가 있다며 제보가 들어왔단다. 그 할머니는 허리가 많이 굽어 펴지도 못하면서 새벽같이 산에 가서 쓰러져 있는 나무들을 날랐다. 다른 일은 할 사이가 없었다. 잘 먹지 않으니 밥도 짓지 않았고 청소도 하지 않았다. 오직 산에서 나무만을 날랐다. 길에서 만난 누군가 도와준다 해도 거절하고 오로지 혼자서 나무만 날라 오고 있었다. 정신과 의사가 하는 말이 그 할머니는 지난 시절, 자식이 많았고 나무를 하던 그 시절이 굉장히 행복한 시절로 각인이 되어 있기 때문이란다. 그 화면을 보면서 괜스레 눈물이 났다. 우리 어머니에게도 부족한 땔감 때문에 나무를 준비하던 그 시절, 여섯 자녀가 바글거리던 그 시절이 행복한 시절이었나 보다.

모든 것의 가치는 매기는 사람에 따라 다르다. 어머니의 모피코트가 나에겐 자부심이고 자존심이고 그럴듯하게 효도하는 것처럼 포장해줄 수 있는 좋은 도구였지만 어머니께는 불편하고 무거운 짐일 뿐이었다. 썩은 나무는 나에겐 버려야 할 먼지 같은 존재지만 어머니껜 행복한 추억이고 사랑이었다.

버린 모피 옷이 아까워서 어머니께 더 화를 내려다가 멈칫했다. 혹시 정말 어머니가 갑자기 돌아가시면 어머니께는 정말 필요치 않은 옷이 아닐까. 만약 그런 일이 벌어진다면 오늘 어머니께 크게 화를 낸 나는 나중에 얼마나 땅을 치고 후회를 할 것인가. 끓이던 마음을 슬그머니 접었다.

도와주세요

햇빛은 나날이 찬란한 빛을 더해가고 있었다. 환하게 웃음 지으며 봄이 오고 있었다. 그 웃음에 내 마음도 같이 들떠서 봄 마중을 나가고 싶었다. 어딘가 몸이 근질근질했다. 같이 공부하는 사람들의 마음이 통했는지 공부방 모임이 끝난 후에 다 같이 강변길을 따라 자전거를 타기로 했다. 많은 사람들이 같이 하겠노라고 미리 약속을 했는데 막상 그 시간이 되자 딱 세 사람만이 가겠다고 했다. 남자 하나와 여자 둘, 언니와 나. 겨우 세 명이라니. 몇 번을 어찌해야 하나 망설이다가 기왕에 약속을 잡은 거니 출발하기로 했다. 자전거를 무료로 대여해주는 곳이 근처에 있어서 세 사람이 각자에게 맞는 자전거를 빌렸다.

미로 같은 혼탁한 시가지를 굽이굽이 한참을 지나 드디어 강가를 달릴 수 있었다. 따뜻한 강바람은 살살 불어와 볼을 만지고 코를 간질였다. 어디 먼 곳에 꽃이 피어있나 보다. 꽃향기가 실려와 모든 곳이 봄이 오고 있음을 알려주었다. 강변 길 자전거 도로에는 많은 사람들이 나와 있었다. 나는 초보라 작은 자전거를 빌려왔기에 빨리 달릴 수는 없었다. 같이 간 언니도 체격이 크지 않아서 작은 자전거였기에 우리는 천천히 달렸다. 자전거 길이었지만 초행길이라 조심스럽기 그지없었다. 그런데 같이 간 남자분은 모처럼 타는 자전거가 정말 신이 났었나 보다. 동행들이 느리니 그 답답함을 견디지 못하고 쌩쌩 달려 나갔다.

얼마쯤 갔을까. 갑자기 사람들의 비명 소리가 들려왔다. 언니 말에 의하면 언덕 위에서 우리 일행인 그 남자분이 갑자기 붕 뜨더니 안보이고 사라졌다고 했다. 자전거 탄 지 얼마 안 되는 나는 내 앞만 신경 쓰느라 일어난 상황을 보지도 못했다. 언니와 나는 힘껏 속력을 내어 달려가 보았다. 우리 일행 남자분이 쓰러져 있었다. 사람들은 웅성거리며 모여들었고 누군가 그분을 흔들고 있었다. 그러나 그분은 의식을 잃은 상태였다. 너무 무서웠다. 119로 전화를 걸었다. 응급차가 달려왔고 잠시 후에 그분은 겨우 정신을 차렸다. 너무 신이 나서 옛날 젊은 날 생각이 났고 그때처럼 두 손을 놓고 자전거를 탔다고 했다. 그분은 응급차에 실렸다. 그러나 그분이 타고 왔던 자전거는 응급차에는 실을 수가 없다고 했다.

구급차는 떠나고 나와 언니만 남았다. 사람은 둘인데 자전거는 세 대가 되었다. 남겨진 자전거를 옮겨와야만 했다. 그 자전거는 남자용이라 우리의 덩치에 비해서 너무 크고 버거운 자전거였다. 나는 내 자신이 키 작고 다리도 짧다는 것을 그때처럼 실망해 본 적이 없었다. 내가 내 자전거를 타고 50미터쯤 타고 와서는 세워 놓는다. 다시 50미터를 달려가서 남자용 자전거를 끌고 온다. 이번에는 언니가 100미터쯤 언니 자전거를 타고 앞에 가서 세워 놓는다. 다시 100미터를 뒤로 달려가 남자용 자전거를 타고 왔다. 그렇게 시간을 보내자니 땀은 비 오듯 하고 혼자 서 있는 자전거를 누군가 가져갈까 봐 마음은 조마조마했다. 빌려온 자전거인데 잃어버리면 큰일이다 싶었다.

그때 생각했다. 무엇인가를 남겨둔다는 것은 얼마나 힘든 일인가. 자전거 같은 물건도 이럴진대 그리움이나 원망처럼 형체도 없는 것, 그러나 그 부피가 커서 마음을 꽉 채우고도 남는 것, 그것들을 가져오지 못하고 뒤에 남겨놓고 있으면 사람은 얼마나 힘들 것인가.

너무 힘들어서 중간에 헉헉거리며 흘러내리는 땀을 식히려고 잠시 서 있었다. 그때 혼자서 걷고 있는 사람들이 내 눈에 보였다. 아까 내가 자전거를 타고 지나갈 때는 모든 사람들이 자전거를 타는 것으로 보였다. 그런데 혼자 가만히 살펴보니 산책길 삼아 걷는 사람들도 많았다. 부부끼리 친구끼리 또는 혼자서…….

나는 심호흡을 하고 용기를 내어 혼자 걷는 남자분들에게 다가가 사정을 말씀드렸다. 가는 곳까지만 남자용 자전거를 타고 가 달라고 부탁을 했다. 사람들은 의아하게 생각했다. 그냥 씩 웃으며 가는 사람들도 많았다. 언니는 내가 사람들에게 부탁할 때마다 난감해했다. 그러나 지성이면 감천이라더니 사정 이야기를 듣고 기꺼이 도와주는 분들이 생겼다. 그분들의 방향이 우리와 똑같을 수는 없었다. 그래도 괜찮다고 짧은 길도 괜찮다고, 가는 곳까지만이라도 부탁을 했다. 몇백 미터를 가서 자전거를 세워주면 또 다른 분께 부탁해서 몇백 미터, 또 다른 분께 부탁해서 몇 킬로미터. 이렇게 많은 사람에게 부탁했다.

강변을 벗어나 시가지로 나오게 되자 도와줄 사람을 찾을 수가 없었다. 또다시 언니와 나랑 둘이서 그 자전거를 옮겨야 했다. 횡단보도 신호등이 켜지면 자전거 한 대를 옮겨놓았다. 그리고 건너편 자전거를 바라보고 서 있다가 다시 불이 켜지면 건너편으로 건너가 다른 자전거를 옮겨왔다. 그렇게 헤매면서 오고 있는데 내 앞에 커다란 가방을 들고 혼자서 걸어가고 있는 남자 한 분이 보였다. 그분께 부탁을 드렸다. 목사님인데 신도댁을 방문하는 길이라고 했다. 기꺼이 가방을 싣고 자전거를 타주었다. 시간이 없어서 우리 목적지까지 못 가줘서 미안하다고 했다. 다행히 우리의 목적지가 거의 가까워진 거리였다. 나와 언니는 머리 숙여 감사드렸다.

드디어 자전거 대여점이 보였다. 몇 시간이 걸려 우리가 자전거를 대여했던 곳까지 왔다. 나는 언니에게 두 대의 자전거를 지키고 잠시만 있으라고 했다, 내가 자전거를 타고 가서 내 자전거를 반납하고 다시 언니 있는 곳에 와서 같이 자전거를 가지고 가자고 했다. 드디어 자전거 세 대를 무사히 반납했다. 언니와 둘이서만 자전거 옮기기를 했다면 대여점 봉사자들 퇴근 시간까지 못 왔을 것이다. 병원에 간 남자분은 다행히 무사하다고 연락이 왔다. 언니가 나를 보며 말했다.

"모래 바닥에 갖다 두어도 살겠네. 사람들한테 도와 달라고 적극적으로 말할 때 깜짝 놀랐어."

언니의 그 말이 좋은 말인 것도 같고 안 좋은 말인 것도 같았다.

문득 언젠가 읽었던 글이 생각났다. 사람들은 어려움이 닥쳐도 도와달라는 소리를 잘 안 한단다. 하느님은 우리를 도와주시려고 마음먹고 있는데 우리가 도와 달라는 소리를 하지 않아서 망설이신다고 했다. 딸이 몸이 안 좋다는 문자를 보내왔다. 하느님께 두 손을 모았다.

"하느님 도와주세요."

버티고개 앉을 놈

《별에서 온 그대》라는 드라마에서 여자 주인공이 간장게장 광고를 보고 주문을 했다. 도착한 간장게장은 광고와는 확연히 다르게 볼품 없었다. 게보다는 간장이 훨씬 더 많은 데다가 알이 차지 않은 게로 담근 게장이었다. 그 부실한 간장게장을 보고 남자 주인공이 말했다.

"이런 밤중에 버티고개 앉을 놈들."

그날 밤 '버티고개'가 실시간 검색어 1위가 되었다.

버티고개는 옛날 서울 약수동에서 한남동으로 넘어가던 고개다.

길이 좁고 험해 약탈을 일삼던 도둑들이 자주 숨어 있었는데 순라꾼들이 야경을 돌면서 "번도!"라 하며 도둑을 쫓았단다. 조선시대 당시 실제 이 부근에 상주하는 노상강도가 있었다고 한다. 그래서인지 인상이 험악하고 마음씨가 곱지 않은 사람을 보면 '밤중에 버티고개에 가서 앉을 놈'이라고 농담처럼 주고받았다고 한다.

버티고개 유래가 재미있어서 나도 언젠가 한 번 그 고개를 가보리라 마음먹었다. 우연히 아들 집에 갔다가 버티고개역이 가까이 있다는 것을 알았다. 그날은 일부러 버티고개역에서 내려 산길을 조금 올라보았다. 그런데 아름다운 성곽마루 팔각정이 보이고 매혹적인 한양도성 순성길이 보였다. 나도 모르게 내부순성길을 따라 걷게 되었다. 벚꽃이 만발했고 하늘은 푸르렀다. 간혹 바람이 불면 꽃잎이 나비처럼 이리저리로 날아서 왔다.

나는 내부순성길만 조금 걸을 생각이었는데 뭉게구름 둥실 떠 있는 푸른 하늘과 자태를 뽐내는 화사한 봄꽃에 반해 외부순성길까지 걷고 말았다. 길을 걷다 보니 저기까지만 더, 하면서 욕심이 생긴 것이었다. 그런데 그 길이 긴 길은 아니었으나 코로나 때문에 마스크를 쓰고 걸었고 집안에서만 있다가 너무 오래간만에 걸은 탓인지 다리가 천근만근 무거워지기 시작했다. 더군다나 아침을 부실하게 먹은 날이라 배는 고프고 목이 말랐다. 다리는 떨렸다. 한참을 힘겹게 걸어 내려와 다시 버티고개역에 도착했다. 배가 너무나 고파 전철을 바로 탈 수가 없었다. 점심시간도 가까워져 가고 있었다.

버티고개역 2번 출구 쪽이 약수 시장이라고 되어 있었다. 시장이라면 먹을 것이 있겠다 싶어서 그쪽으로 길을 잡았다. 얼마큼 터덜거리며 걷고 있는데 간판이 보였다. '집밥'이라고 써져 있었다. 바로 길가에 붙어 있는 조그만 식당이었다. 배가 고프니 얼른 들어갔다. 혼자라고 했더니 식당 주인 남자가 입구 자리에 앉으라고 했다. 밥과 국과 생선튀김과 반찬이 나왔다. 나는 허겁지겁 먹었다. 내 뒤를 이어 몇 사람이 더 들어왔는데 이곳에 자주 오는 사람들 같았다. 인사를 주고받는 내용을 보니 그랬다.

나는 정신없이 먹고 있으면서도 식당 주인이 가끔 내 식탁을 보고 있다고 느꼈지만 개의치 않았다. 너무나 허기져 있었기 때문이었다. 모든 반찬을 거의 다 먹고 식사가 마무리되어 갈 때쯤 나는 포만감으로 행복했다. 그때였다. 갑자기 내 앞에 앉은 사람들이 식당 주인에게 부침개를 더 달라고 요청했고 주인은 "예!" 하면서 신이 나서 부리나케 가져다주었다. '부침개라고?' 내 식탁엔 그런 것이 없었다. 그제야 나는 다른 사람들의 식탁을 살펴보기 시작했다. 다른 식탁에는 부침개도 있고 샐러드도 있었다. 그 사실을 알았을 때는 내가 식사를 다 끝낸 뒤였다.

메뉴판을 찬찬히 읽어보았다. 집밥 8천 원. 그렇게만 써져 있었다. 2인 이상이라야 반찬을 더 준다는 어떤 구절도 없었다. 나는 8천 원을 지불하며 식당 주인에게 물었다.

"부침개와 샐러드는 혼자 오면 안 주는 건가요?"

사장은 깜짝 놀라며 어쩔 줄 몰라 했다. 아, 깜빡하고……. 하면서 중얼거렸다. 왜 마스크를 쓰면 사람의 눈빛이 더욱 선명하게 잘 보일까! 그가 내 식탁을 가끔 본 것은 여타 음식을 줄까 말까를 생각했던 것 같다. 그가 절절매며 변명을 더 하려고 하는데 갑자기 단골인 듯한 손님들이 막 들어오기 시작했다. 좁은 식당에서 늙은 내가 젊은 사장을 날카롭게 대하기가 뭐하고 그 집 단골들이 들으면 주인 낯 깎는 일이겠다 싶어서 나는 그냥 나올 수밖에 없었다.

조금 전에 느꼈던 배부른 행복감은 순식간에 사라지고 갑자기 내 마음 어딘가가 쓰리고 아프기 시작했다. 먹는 것 가지고 차별받을 때 몹시 서럽다 하더니 정말 그랬다. 정당한 값을 지불했는데 무시당한 것이 참으로 상처가 되었다. 혼자 밥 먹는 조그만 체구의 할머니. 무시해도 되는 작은 내 모습이 상상되었기 때문이었다. 내가 좋은 옷을 입었으면 안 그랬을까? 화장을 곱고 진하게 했으면 안 그랬을까? 왜 오늘따라 좋아하는 붉은색 립스틱조차 안 발랐을까? 오늘은 되는 일이 없는 날인가……. 별별 생각이 다 들었다. 그 밥집 사장은 아마 어쩌다 지나며 들르는 뜨내기손님에게는 반찬을 슬쩍 빼면서 주지 않고 살았음이 분명하다. 그 식당 주인은 사람들의 배고픔을 없애주면서도 한편으로는 사람 마음을 아프게 만들면서 사는 사람이라고 나는 생각했다. 저절로 욕이 나왔다.

"버티고개에 앉아 있는 놈"

내려오면서 보니 시장 쪽으로 가는 길 내내 온 천지가 식당이었다. 그 집에 안 갔으면 얼마나 좋았을까. 다른 집에 갈 것을……. 후회했다.

"버티고개 앉은 놈"

또 한 번 욕을 하였다. 마음이 조금 누그러지는 것 같았다.

며칠 후 어떤 모임에 갔는데 어떤 남자분이 나를 어떤 여인과 닮았다고 했다. 나는 화들짝 놀랐다. 그녀는 내가 아는 사람이었는데 나는 그녀를 만날 때마다 왜 그녀는 항상 인상을 쓰고 있을까 하면서 속으로 못마땅해 하던 사람이었다. 내가 그렇게 인상을 쓰고 다니는 줄 그때야 알았다.

부처님은 하는 일마다 되는 것이 없다고 하소연하는 사람에게 남에게 베푸는 것이 없기 때문이라고 하셨다. 그 사람은 자신은 가진 것이 없어서 베풀 수가 없다고 했고 부처님은 재산과 상관없이 줄 수 있는 일곱 가지를 말씀하셨다. 화색 띤 얼굴, 친절한 말, 따뜻한 마음, 웃는 눈빛, 친절히 가르쳐주는 것, 앉은 자리 양보하는 것, 잠자리를 깨끗이 정리하는 것.

버티고개 식당 주인은 인상 쓰고 있는 나를 보고 가진 것이 없다고 툴툴거리며 남에게 베푸는 것이 없는 사람이라는 것을 꿰뚫어 보았던 것인지도 모르겠다.

그러고 보니 나 또한 버티고개 앉을 놈이 아닐까.

짜장면

오래전의 일이다. 병원에서 퇴원하고 집에 온 어머니가 이틀이 지나자 짜장면이 먹고 싶다고 했다. 고향 집은 첩첩산중 시골이라 중국집이 없다. 길 건너에 있는 편의점에 가서 짜파게티라는 짜장라면을 사다가 한 봉지를 반만 잘라서 끓여드렸다.

혼자 살던 어머니가 밤에 쓰러져서 밤새 앓다가 새벽에야 뒷집으로 기어가 문을 두드렸고 그제야 구급차를 타고 병원에 갈 수 있었다. 어머니는 중환자실에서 며칠을 보냈고 일반병실에서는 죽만 먹을 수 있었다. 집에 돌아와 밥을 먹기 시작하자 바로 짜장면 생각이 낳다고 했다. 짜장라면을 맛있게 드시는 어머니를 보면서 짜장면의 위력을 다시 생각했다.

방송에서 보니 북극해 횡단을 3개월 만에 마친 허영호 대장도 인터뷰에서 짜장면을 먹고 싶은 음식으로 꼽았다. 어머니가 병원에 실려 갔을 때 의사들은 어머니의 상태가 심근경색인 거 같다며 바로 수술하지 않으면 오늘을 넘기기 힘들다고 했다. 바로 수술하더라도 가능성이 반반이라고 하면서 가족들은 마음의 준비를 하라고 했다. 나는 눈물을 줄줄 흘리며 낙심하고 있었다. 그런데 막상 수술실에 들어가서 정밀검사를 해 보니 의외로 혈관에는 문제가 없고 왜 심장이 나빠졌는지 원인을 모르겠다며 수술은 중지했단다. 바이러스 감염이나 패혈증 가능성을 이야기하더니 나중에는 전해질 수치가 안 맞아서 문제가 발생했고 수치를 맞추었더니 괜찮아졌다고 했다. 어쨌든 어머니의 무사 귀환도 북극해 횡단만큼이나 힘든 대장정이었다고 나는 생각했다.

요즘에 몸이 안 좋아 식이요법을 하는 딸도 나중에 가장 먼저 먹고 싶은 게 짜장면이라고 했다. 예전에 우리가 살던 집에서 부득이 이사해야 했던 적이 있었다. 수십 년이 된 낡은 저층 아파트로 이사를 왔다. 넓은 집에서 반을 줄여 좁은 집으로 이사를 오니 버려야 할 짐도 많았고 들어가지 못하는 짐도 많았다. 그래서 이사 진행은 더디고 더디었다. 상황은 무진장 슬프고 마음은 몹시도 추웠다. 때는 아름다운 봄날, 신록은 푸르름을 더해가고 있었고 아름드리나무 아래 벤치에는 따사로운 햇빛이 나무 의자를 따뜻이 데워놓았다. 우리는 그 벤치에 앉아서 짜장면을 시켜서 먹었다. 남편은 회사 일이 바빠서 오지 못했다. 딸은 그때의 짜장면이 그렇게 맛있었단다. 나는 그때 무능한 엄마인 내가 참으로 부끄럽고 슬펐다. 그런데 벌써 잊고 있었다. 그때 그런 일이 있었는지.

언젠가 읽은 어느 여인의 이야기가 생각났다. 멀고 먼 열사의 나라 건설현장으로 떠나는 아버지를 배웅할 때도 자신은 짜장면 먹을 생각만 하는 철부지 어린아이였다는 글이었다. 아버지를 공항에서 이별하고 바로 짜장면집으로 갔고 엄마는 눈이 빨갛게 부어 있는데 자신은 맛있게 짜장면을 먹었다. 그 후에 아버지의 월급날이 되면 엄마는 딸들을 데리고 아버지 회사에서 아버지 월급을 받아오면서 항상 자식들에게 짜장면을 사주었다고 한다. 그때마다 엄마의 눈에는 눈물이 그렁했다. 나중에 커서 자신은 짜장면을 안 먹게 되었는데 그때의 기억 때문이란다.

문득 깨달았다. 내가 어린 시절부터 그렇게 좋아하던 짜장면을 왜 요즘 별로 먹지 않게 되었는가를. 나는 나이가 들어가니 소화 기능이 안 좋아져서 그런가 보다 생각했었다. 남편의 사업이 순탄치 않아 의도치 않게 좁은 곳으로 이사가야 하는 슬픈 상황, 그날 벤치에서 짜장면을 먹었던 그날 이후 나는 나 자신도 모르게 짜장면을 보

면 아픔을 느끼는 것 같았다. 그러다가 어느 날 예전 드라마의 재방송을 보게 되었다,

혼자 밥 먹는 것이 쓸쓸하다는 것을 느낀 한 여인이 이웃집 아이들에게 같이 짜장면을 먹자고 했다. 그러나 아이들은 친한 누나가 피자를 사준다고 해서 그쪽으로 가버리고 말았다. 그러나 피자를 사준다던 누나는 다른 약속이 생겼다며 아이들과 약속을 지키지 않았다. 아이들이 집에 돌아왔을 때 짜장면을 먹자고 했던 여인이 혼자서 짜장면을 먹고 있었다. 아이들은 눈이 똥그래졌다.

"짜장면이다! 우리도 짜장면 먹을 거에요."

아이들은 소리쳤다.

"이건 내 거야."

여인이 말했다.

"늦었어. 니들은 이미 짜장면을 포기했어. 인생은 그런 거야. 지나간 짜장면은 돌아오지 않아."

그렇구나! 지나간 짜장면은 돌아오지 않는구나. 그날 이후 나는 짜장면을 다시 맛있게 먹을 수 있었다. 병원에서 퇴원한 후 제일 먼저 먹고 싶어 하는 짜장면. 북극해를 탐험하고도 먹고 싶은 짜장면. 이제 나도 짜장면을 맛있게 먹어야지 생각했다.

그 벤치에서 짜장면을 먹고 이사한 그 좁은 집에서 아들딸은 모두 중요한 시험에 합격했고 몸과 마음이 아팠던 나는 열심히 뜸을 뜨고

열심히 글을 쓰며 서서히 몸과 마음을 치유해 나갔다. 생각해 보니 우리 가족에게 큰 축복을 준 집이었다. 살다 보면 우리에겐 그늘이 지는 음의 시절도 있고 햇빛이 드는 양의 시절도 있는 것 같다. 그런 시련은 하늘이 인간에게 벌을 주는 것이 아니고 계절이 바뀌듯 당연히 오는 것이라는 것을 이제는 안다. 힘든 겨울 시절이 가면 좋은 봄의 시절이 돌아오듯이.

지나간 짜장면이란 무엇일까. 뭐든지 그 자리에서 즐겁게 살아야 진정한 삶이라는 뜻이 아닐까.

하얀 꽃

　남동생이 핸드폰으로 부고 문자를 전달했다. 그 이름이 낯설지는 않은데 언뜻 생각이 나지 않았다. 친정엄마 이름이랑 비슷해서 깜짝 놀라 잠깐 혼란스러웠다. 요즘 내 정신이 이렇다. 다시 생각해 보니 아버지의 막내 여동생. 고모님이었다. 아직은 70대 중반, 우리 엄마보다 젊은 나이. 내가 참으로 좋아했던 고모님인데 가슴이 철렁 내려앉았다. 영정 사진 앞에서 한참을 울었다. 하얀 국화꽃 앞에서 눈물이 멈추지 않았다.

　고모님은 결혼한 지 5년쯤 지나서 남편과 사별했다. 갓 태어난 아기까지 3명의 아이를 두었다. 여자 혼자 3명의 아이를 키운다는 게 얼마나 힘든 일인가. 그러나 꿋꿋이 혼자서 잘 이겨나갔다. 그런데 언제부터인가 우리가 흔히 이단이라고 말하는 종교에 빠졌다. 친척들은 그런 종교에 빠져 있는 고모를 비난했다. 경제적으로 크게 도와주는 친척은 없었다. 그 종교는 여러 가지 물품을 만들었고 제품은 품질이 좋다고 소문이 나 있었고 신자들은 그것을 팔 수 있는 권한이 주어졌다. 고모는 묵묵히 그 장사를 했다. 그리고 아이들 셋을 모두 대학에 보냈다. 가끔 만날 때 살아가는 이야기를 하는 고모를 보며 나는 어린 나이인데도 고모의 외로움을 이해했고 고모의 생활을 이해했다. 나중에 아이들이 다 큰 다음엔 고모는 멀리 부산 쪽에 있는 본부에 들어가서 강원도에 모여 살고 있는 우리와는 영영 이별하게 되었다.

언젠가 종교방송에서 누군가 했던 이야기다. 이단에 빠지는 사람이 많은 것은 기존 종교들이 자신의 일을 잘 하지 않아서 생기는 일이라고. 정통이라고 주장하는 수많은 종교들이 외로운 그들에게 더 가까이 갔다면 사람들이 그런 곳에 빠지겠느냐고. 나는 고모를 생각할 때마다 그 말을 생각하곤 했다.

결혼 생활 5년 동안 고모는 참으로 행복했단다. 고모부는 모든 것에 지극정성이었다. 그래서 고모는 혼자서 고생해야 했던 수많은 세월 동안 그 사랑을 생각하고 견뎌냈단다. 고모는 평생을 걸쳐 받을 사랑을 5년 동안에 다 받았다고 생각했다. 그래서 그런지 지아비에 대한 생각이 남들과 달랐다. 남편이 벌어온 돈으로 시댁에 돈을 보내면 대부분의 아내들은 싫어한다는 것을 고모는 이해하지 못했다. 남편이 없어서 혼자서 돈을 벌고 자식을 키워야 했던 고모는 남편이 있어 돈을 벌어온다면 그 돈으로 식구들도 밥을 먹고 시댁도 도와주는 것이 당연한데 왜 요즘 여자들이 싫어하는지 이상하다고 했다. 그땐 내가 막 결혼을 한 즈음이어서 그런 이야기를 해주었는지도 모르겠다.

세월이 흘러 언젠가 고모가 이런 말도 했었다. 집집마다 방문을 해보면 남편이 있어도 여자가 벌어서 사는 집이 많은 것에 깜짝 놀랐다고. 고모는 남편이 돌아가셔서 자신이 벌어야 했는데 남자가 백수로 집에서 빈둥빈둥 놀고 여자가 밖에서 돈 벌어와 먹고 사는 사람이 많다는 사실이 정말 이상하다고 했다. 고모와 만나면 이런저런 이야기로 시간이 가는 줄 몰랐다. 마음이 푸근하고 온화한 여인이었다. 그런 고모가 하얀 국화꽃 사이에서 사진으로 웃고 있었다.

하얀 꽃을 보니 어릴 때 하얀 꽃을 만들던 생각이 났다. 어느 해 우리 마을에 큰비가 내렸다. 집들이 잠길 정도의 큰 홍수였다. 며칠이 지났을 때 서울에서 온 여인이 물 저쪽에 있는 마을을 가야 한다며 왔다. 이미 개울에 있던 다리는 떠내려가고 없을 때였다. 동네 사람들은 물이 많이 불어서 건너는 것이 불가능하다고 했다. 그녀는 알겠노라고 하면서 마을을 떠났다. 그런데 그다음 날 아침 동네 사람 누군가가 소리를 질렀다. 개울가에 여인 시체가 바위에 걸려 있다는 거였다. 마을 사람들이 모여들었다. 어제 그 여인이었다. 사람들은 말했다. 그녀는 물살도 쉬운 길이 있으리라고 나름대로 생각하고 건너려고 했던 것이라고. 그러다 휩쓸려간 거라고. 경찰이 왔지만 여인 가족을 찾을 수가 없었다. 여름이라 더 지체할 수도 없었다. 마을에서 장례를 치러주었다. 우리 어린이들까지 모두 모여서 하얀 꽃을 만들었다. 내 기억엔 연꽃이었던 것 같다. 흰 종이를 연필에 돌돌 말아 꽃주름을 만들었다. 하얀 꽃상여가 동네를 지나 산으로 갔다.

삶과 죽음에 대한 이런저런 생각으로 갑자기 우울해졌다. 모임에서 내가 요즘 우울하다고 했더니 사람들이 깜짝 놀랐다. 항상 씩씩하게 지내서 늘 기쁘게 지내는 줄만 알았단다. 왜 우울하냐고 물었다. 부자도 아니고 무엇 하나 이룬 것도 없고. 그런 생각이 든다고 했더니 모두 자신들도 그런 생각이 든다면서 인터넷에 나온 말을 해주었다. 그 말이 위로가 되었다. 40대는 미모의 평준화, 50대는 지성의 평준화, 60대는 물질의 평준화, 70대는 정신의 평준화, 80대는 목숨의 평준화. 우리 모두 고개를 끄덕이며 웃었다. 그때 옆에 있던 후배가 말했다.

"정말 베옷 입혀 놓으면 모두 다 똑같아요."

그녀는 장례업을 하는 남편을 도와 장례지도사 일을 가끔 하고 있었다. 삼베옷을 입고 있는 사람 모두 같은 표정, 같은 얼굴이라고 했다. 베옷에는 주머니도 없단다. 간혹 자손들이 돈을 베옷에 넣어주고 싶어 하는데 그 옷에는 넣어서 갖고 갈 주머니가 없다. 이 세상이 아닌 그곳에서는 이승의 그 돈을 쓸 수 없다고 말해주면 사람들이 참으로 난감해 한단다.

고모는 암 투병 중에 우리들이 보고 싶다고 하다가 또 마음을 바꾸어 호스를 주렁주렁 달고 있는 모습을 보이기 싫다고 부르지 말라 했단다. 고모의 영정에 하얀 꽃 한 송이를 놓는다. 이렇게 하얀 꽃이라도 드리며 마지막 가시는 길 배웅할 수 있어서 다행이다. 하얀 꽃이 수북하다.

떠남에 대한 예의

　코로나19로 인해 우리나라 전체가 잠시 쉬고 있다. 학교도 유치원도 모두 당분간 멈췄고 내가 다니던 이런저런 모든 프로그램도 중지되었다. 그동안 별생각 없이 지냈던 모든 일상과 모임이 얼마나 소중한가를 새삼 느꼈다.

　하나를 잃으면 하나를 얻는다더니 손자를 보살펴주게 되었다. 주중에는 아들 집에서 보냈다. 아침을 먹고 나면 손자들과 집 안에서 놀았다. 동요를 부르며 자동차 놀이 등 여러 놀이를 했다. 어릴 때 알던 동요를 총동원해야 했다. 봄바람은 아직 차가웠다. 아침의 차가운 기운이 조금 가라앉고 따뜻한 햇살이 퍼지는 11시가 되면 큰손자와 나는 밖으로 나갔다. 6살 손자는 자전거가 능숙하지 않아서 자꾸 킥보드만 타려고 했다. 나는 손자에게 자전거를 가르쳐주기로 마음먹었다. 그래서 오전 오후 두 번씩 밖에 데리고 나갔다. 자전거를 천천히 타면서 놀이터마다 한 바퀴를 돌았다. 간혹 놀이터 모래밭에 놓여 있는 장난감을 볼 때가 있는데 혹시 그 아이가 다시 오는 것은 아닐까 하고 한참을 기다렸다. 그러나 아이들은 오지 않았다. 잊고 가버린 장난감이었다. 젊은 부모들은 아이들을 집에 꼭꼭 가두어 두고 밖에 얼씬도 하지 않았다. 그냥 나만 아이를 채근해서 나오곤 했다. 막상 나오면 아이는 참 좋아했다. 집에 갈 생각을 하지 않았다.

어느 날 여러 놀이터를 돌다가 마지막 놀이터에서 또래 사내아이를 만났다. 둘은 금방 친해졌다. 그 아이를 데리고 나온 사람은 그 아이의 아빠였다. 아빠들도 재택근무하는 사람들이 있었다. 그 아빠는 멀찌감치 서서 아이를 지켜보았다. 아이 아빠는 젊은 남자이다 보니 할머니인 나와 할 이야기가 없었다. 엄마나 할머니와 같이 나온 아이를 만났을 때는 아이들은 아이들대로 놀고 여자들은 또 이런저런 수다로 시간을 보낼 수 있었는데 이건 참 어려운 일이었다. 아이들이 한참을 즐겁게 놀고 있는데 갑자기 그 아이와 아빠가 놀이터를 떴다. 그리곤 어딘가로 향했다. 아무런 말도 없었다. 아이들을 데리고 나왔던 엄마나 할머니들은 아니 할아버지들도 끝날 때면 이제 집에 간다고 다음에 다시 보자는 인사를 했었다. 오늘은 아이도 아이 아빠도 아무 말이 없으니 영 종잡을 수가 없었다. 잠시 다른 곳으로 갔다가 또 오는 건지 아니면 아주 가는 건지 알 수가 없었다. 손자는 그 아이랑 더 놀고 싶었기 때문에 그들이 가는 방향으로 쫓아갔다. 놀이터 가까운 곳에 있는 엘리베이터를 타고 그들은 지하 주차장으로 가버렸다. 손자가 보챘다. 그들을 따라가자고 했다. 할 수 없이 다음 엘리베이터를 타고 지하 주차장으로 갔다. 그들은 이미 어딘가로 사라지고 없었다.

손자는 실망했고 나는 그들이 더없이 야속했다. 오늘은 그만 헤어지자고, 다음에 만나자고 왜 말도 안 하고 갔을까. 오늘 한 번만 보고 끝나는 인연이라 생각했을까. 모든 떠남에는 예의가 있어야겠구나 생각했다. 내가 겪어왔던 수많은 떠남에 나는 예의를 갖추었을까. 생각해 보니 안 그런 적이 더 많았던 것 같았다.

딸에게 속상해서 이 이야기를 했더니 예의가 있는 떠남이면 더 좋았겠지만 다 사정이 있겠지 하는 생각도 해주어야 한단다. 그 말을 들으니 불현듯 생각났다. 봉사실에서 친하게 지내던 봉사자 선배 언니가 어느 날 문자를 보내왔다. 봉사실에서 나를 만난 것만으로도 자신은 참 좋았단다. 뜬금없는 고백에 나는 어리둥절하면서 '나도 언니와 함께해서 좋아요'라고 그냥 문자만 보냈다. 그런데 그다음부터 그녀는 봉사실에 나오지 않았고 그녀가 나오지 않는 이유에 대해

나를 포함한 그 누구도 알지 못했다. 나는 정말 어안이 벙벙했다. 내가 무슨 잘못을 했나 싶어 끙끙 앓았다. 어찌 된 일인지 알아볼 수도 없었다. 몇 해가 흘러서야 겨우 그녀의 소식을 들었다. 그때 그 시기에 그녀는 사랑하는 여동생을 병으로 잃었단다. 결혼하지 않은 여동생이었고 남편 없이 자식을 키우고 있는 그녀에게 지붕의 역할을 하는 여동생이었다. 그런 동생의 죽음 후 그녀는 모든 활동을 중단하고 현재까지도 두문불출이란다. 나에게 보낸 그 문자가 떠남의 문자였던 것이다. 다른 이들이 말하길 그래도 내게 문자를 보낸 건 나름대로 사랑을 표현한 거란다. 아무에게도 일언반구도 없었단다. 내가 뜬눈으로 지새웠던 그 불면의 밤. 고뇌했던 의문의 시간들……. 그 언니가 그냥 말로 해주었더라면 나는 그렇게 힘든 시간을 보내지는 않았을 텐데……. 정말로 속상했다.

그 이후론 사람들이 어떤 행동을 해도 그 사람에게 그만한 이유가 있으리라고 이해하기로 했다. 당시에 이해되지 않았지만 나름대로 다 그만한 이유가 있었다. 그런데 막상 손자가 애달파하는 상황이 되니 내 마음은 그때를 잊고 그저 상대방이 괘씸한 생각만 들었다. 그때 놀이터를 황급히 떠나갔던 아이는 화장실이 급한 것이 아니었을까.

강원도 어머니도 생각났다. 요즘 어머니는 많은 물건을 버리는 중이다. 입을 옷이 하나도 없을 정도다. 당신이 죽고 나면 누가 이 물건들을 치우겠냐고 하면서. 어머니도 떠남을 준비하시는 듯하다. 당신 주변을 깨끗이 정리하는 게 떠남에 대한 예의라고 생각하신다.

딸이 덧붙인 말이 생각났다. 어떤 떠남이 올진 몰라요, 다 예의 있는 떠남만 있겠어요. ○○이도 비록 여섯 살이지만 유치원에서 학교에서 이제부터 많은 형태의 떠남을 겪을 거고요, 그러다 보면 상처가 덧나지 않는 튼튼한 마음도 키워지겠지요.

나는 비 오는 날이 싫다

　나는 비 오는 날이 싫다. 사춘기 시절에도 대학생 시절에도 그랬다. 친한 후배는 비 내리는 날이면 예쁜 우산을 쓰고 길을 나서서 분위기 있는 찻집에 가곤 했다. 그런 날이면 나에게 전화를 해서 나오라고 성화였지만 나는 뭔가 두려워서 안절부절 집안에서만 맴돌았다. 그 이유를 몰랐었다. 내 성격 어디가 조금 모자라나 했었다. 감성이 풍부하지 않아서, 낭만적이지 않아서 그런가 했다. 비 오는 날 예쁜 모습으로 길 나서는 후배가 부럽기만 했다.

　그러다 초등학교 소꿉친구를 만나 수다를 떨다가 알게 되었다. 어린 시절의 기억 때문이었다. 초등학교 시절 우리 동네에 큰 물난리가 났었다. 우리 집도 친구네 집도 물에 잠겼다. 온 동네가 붉은 황토 빛깔 물에 잠기고 윗마을과 아랫마을을 이어주던 큰 다리도 떠내려가고, 이웃집의 닭·돼지 등 가축들과 커다란 나무들도 뿌리 뽑혀 떠내려갔다. 살림살이와 우리들의 책가방도 떠내려갔다. 마을은 폐허가 되었다. 라디오 뉴스에 날마다 우리 동네 이름이 수해지역으로 나왔다.

동네 사람들은 조금 높은 곳에 위치한 초등학교로 피난을 갔고 방학이라 텅 빈 교실에서 며칠을 지냈다. 철없던 우리들은 백묵으로 교실 바닥에 금을 그으며 여긴 너희 집, 여긴 우리 집 했었다. 얼마 후 국무총리가 헬기를 타고 동네를 시찰하러 왔다. 헬기장이 없는 곳이라 동네 논바닥에 내렸는데 우리들은 한걸음에 헬기를 구경하러 달려갔다. 헬리콥터의 바람은 굉장했다. 주변의 모든 것을 날려버릴 것 같았다. 우리들은 그 모든 일이 신기하기만 했다.

그때의 일이 추억으로만 있을 줄 알았는데 내게는 두려움과 공포로도 있었던 거였다. 동네를 삼키던 붉은 진흙탕 물, 책가방을 포함하여 떠내려가던 우리들의 소중한 것들, 커다란 개울가에 걸려 있던 시체, 굉음을 내던 헬리콥터의 소용돌이…… 그래서 나는 비 오는 날이 두렵고 무서운 거였다. 그 일을 겪은 후엔 흐린 날에 바람에 흔들리는 나뭇잎 소리들도 큰비가 올까, 장마가 두려워 몸을 부르르

떠는 것처럼 내 귀에 들렸었다.

소꿉친구는 해가 지고 저녁이 오면 두려움이 온다고 했다. 왜 그럴까 의아하게 생각하다가 어느 날 알았단다. 아버지의 외도로 부모님 사이가 좋지 않았고 아버지가 퇴근해서 집에 돌아오면 부부 싸움이 시작되었다. 저녁때만 되면 내 친구에겐 공포감이 생겼고 그 느낌이 수십 년 세월이 흐른 지금도 잠재되어 있던 것이었다.

어릴 때 기억은 평생을 좌우한다. 어른들의 마음이 황폐해져서 많은 아동들이 아동학대를 받고 있는데 그런 아동들은 자신이 가지고 있는 능력을 제대로 발휘하지 못한다. 신체적 폭력뿐만 아니라 정서적 폭력도 큰 문제이다. 욕설을 하는 것, 집 밖으로 내쫓겠다고 하는 것, 아이의 수준에 적합하지 않은 비현실적 기대로 아동을 괴롭히는 것, 다른 아동과 부정적으로 비교하는 행위도 정서적 폭력에 해당한다고 한다. 그러고 보니 나 또한 우리 아이들에게 아동학대를 많이 했구나 싶기도 하다.

내가 지내온 시절 중에는 비 오는 날의 아름다운 추억도 반드시 있었을 텐데 두려운 기억이 더 크게 남아 가슴 아프다.

애기보기 달인

시동생의 애기는 나의 큰손자보다 2살 어리다. 어느 날, 시동생이 코로나 검사로 어린이집이 하루를 쉰다며 아기를 봐 줄 수 있느냐고 했다. 나는 기꺼이 보내라고 했다. 나는 일주일에 이틀을 아들네 집에 가서 손자를 보고 있다. 그래서 걱정하지 말고 보내라고 한 것이었다. 나는 시동생 아들인 다섯 살 조카와 하루 종일 자동차 놀이도 하고 팽이 놀이도 하고 가위바위보 놀이도 하면서 즐겁게 보냈다. 낮잠도 재웠고 딸기도 씻어서 같이 먹었다. 놀이터에 가서 미끄럼틀 위로 올라가 장난감 자동차를 밑으로 보내는 놀이도 하였다. 아이는 몹시 신나고 즐거워했다.

동서가 퇴근하고 와서 같이 저녁밥을 먹을 때도 아이는 자신의 엄마가 아닌 내 옆에서 먹는다고 했고 누구를 닮아서 이렇게 예쁘냐고 하면 "큰엄마를 닮아서"라고 대답했다. 나는 기쁨으로 마음이 붕붕 떴고 붕 뜬 내 마음은 하늘을 날았다. 날이 깜깜해져서 이제 집에 가서 자야 한다고 했더니 큰엄마랑 늦게까지 놀고 큰엄마랑 자겠다고 집에 안 가겠단다. 그건 안 된다고 하자 어찌나 울던지 엄마 아빠가 겨우 달래어 억지로 데리고 갔다. 무엇이든 하면 실력이 는다고 하더니 내가 애기보는 솜씨가 늘었나 보다. 텔레비전에 나오는 달인들처럼.

그다음 주에 손자들을 보러 갔다. 늦게까지 같이 놀고 잘 시간이 되었다. 손자들 둘이서 내 손을 하나씩 잡고 서로 자기들 방에서 잠을 자야 한다고 나를 가운데 두고 울고불고 난리가 났다. 7살, 3살 아이 둘이서 서로 경쟁심으로 그러는 것 같았다. 특히 작은 아이는 내 손을 잡고 울면서 놓지를 않았다. 시동생 애기한테도 이렇게 인기가 있었다고 내 자랑을 했다.

"손자뻘들한테 이렇게 인기가 있으면 뭐하나. 너네 할아버지한테 인기가 좋아야지!"

내 말에 아들 내외와 손자들을 돌봐주시는 이모님이 크게 웃었다.

다음 날 이모님께 여쭤보았다.

"내가 애기들을 잘 봐주나요?"

이모님은 그렇다고 대답을 했다.

"할머니들은 다 잘 보지 않나요? 그럼 다른 사람들은 어떻게 애기들을 보나요?"

다른 사람들은 그냥 가만히 애기를 지켜보기만 한단다. 나처럼 몸으로 놀아주는 사람은 별로 없다고 했다. 그러고 보니 나는 손자들과 축구, 야구를 하느라 바쁘다. 왜 내가 차는 공은 똑바로 가지 않고 힘없이 왼쪽으로 오른쪽으로 가는지 이해가 안 간다. 손자가 둘이나 되어서 이렇게 공놀이를 할 줄 알았다면 나는 예전에 축구도 야구도 더 관심 있게 보고 몸소 해 보기도 할 것을 그랬다고 후회하는 중이다.

딸과 사위가 왔기에 삼촌네 애기가 나랑 놀려고 집에도 안 가려고 했다고 말하고 손자 둘이 서로 나랑 자겠다고 싸움이 났다고 얘기하니 딸이 신기해했다. 그러면서 물었다.

"어떻게 놀아주나요? 비결이 뭔가요?"

딸은 교사라서 그런지 질문의 요지가 달랐다. 달인들도 그들만의 비법이 있던데……. 나는 내가 아이들과 어떻게 노는지를 곰곰 생각해 보았다. 아기들은 신체접촉을 좋아하는 것 같다. 내 손으로 애기들의 손가락과 발가락을 짚으면서 놀이를 한다. ○○이 손가락 하나, 둘, 셋, 넷, 다섯, ○○이 발가락 하나, 둘, 셋, 넷, 다섯, 이렇게 말이다. 살짝 살짝 해야지 강하게 접촉하면 귀찮아한다. 또한 애기들은 의외로 공부하고자 하는 학습욕구도 강하다. 새로운 것을 배워 나갈 때 즐거워했다. 가위바위보를 할 때도 가위는 싹뚝싹뚝 보자기를 잘라요. 그래서 보를 이겨요. 보자기는 바위를 쌀 수 있어요. 그래서 바위를 이겨요. 바위는 가위를 내리쳐서 깨트릴 수 있어요. 그래서 가위를 이겨요. 이런 식으로 운율을 넣어 노래처럼 설명한다. 아이들은 운율 리듬을 참 좋아한다. 나는 매 순간 내가 아는 모든 동요를 총동원해서 노래를 불렀다. 동요를 더 많이 익혔더라면 하고 가끔 후회하기도 했다. 내가 부르는 동요는 요즘 동요가 아니다. 한편으로는 아기들에게 옛날 동요를 알려주어 폭을 넓혀주고 있다고 생각한다. "새 신을 신고 뛰어보자 팔짝!" 그런 노래를 부르면 이모님이 이렇게 말했다. "요즘 아이들은 새 신에 대한 감회가 별로 없을 거에요." 우리는 같이 웃었다.

또한 애기들은 친구 이야기를 좋아한다. 애기들이 가족 외에 처음 접하는 사회생활에서 친구는 참 중요하고 신비로운 존재인 것 같다. 나는 유치원이든 어린이집이든 손자네 친구들 이름을 몽땅 외웠다. 떼를 부릴 때 친구들 이름을 대면서 그 애들이 저곳에서 기다린다고 한다. 애기들은 귀 기울여 듣는다. 또한 애기들도 승부욕이 있다. 딸과 사위한테 애기들이 진짜 나를 좋아하는 이유, 그 비결은 그들과 놀이를 할 때 경기에서 내가 지기 때문이라고 했더니 딸과 사위가 한참 웃었다. 어찌 된 일인지 축구를 해도 나는 손자들보다 공을 못 찬다. 자동차 경주를 해도 이상하게 그 애들이 미는 자동차가 더 멀리 나간다. 그래서 애기들은 신이 난다. 그것이 내 비법이라면 비법이었다.

손자들을 돌봐주시는 이모님이 장염에 걸려서 입원을 하셨다. 내가 며칠을 아들네 집에서 묵으면서 아이들을 보았다. 금요일 저녁, 아들 내외가 모두 퇴근을 했고 내일은 휴일이니 나는 저녁을 먹고 집으로 돌아가기로 했다. 그런데 두 돌도 안 된 작은 손자가 나와 같이 자겠다고 울고불고 난리가 났다. 말도 잘 못하는 애기가 "함머니, 함머니" 하면서 내 손을 잡고 우는데 뿌리치고 갈 재간이 없었다. 어찌나 애절하게 울던지 며느리가 동영상을 찍을 정도였다. 토요일 아침에 나는 집으로 돌아왔고 며느리가 보내준 그 동영상을 주말 내내 보며 지냈다. 내 손을 꼭 잡고 놓지 않고 울던 손자가 잘 지내는지 궁금하고 애타게 보고 싶어 견딜 수가 없었다. 다행히 다음 주에는 이모님도 건강이 회복되어 돌아오셨다.

아들네 집에 가는 날이 되었다. 나는 부리나케 손자를 보러 갔다. 그런데 내 손을 부여잡고 울던 작은 손자는 나를 본체만체했다. 이모님께 껌딱지처럼 붙어 있었다. 늘 봐주시던 이모님이 안 계실 때라 내게 애착을 더 가졌었나 보다. 내가 손자에게 가까이 다가갔더니 나를 밀치고 이모님을 제 곁에 오라고 손짓했다. 그리고 나를 보고 소파 위에 있는 신문을 가리켰다. 신문은 내가 좋아하는 것임을 손자도 안다. 신문을 가지고 방으로 가라는 뜻이었다. 나는 뻘쭘해서 신문을 집어 들고 아쉬운 마음으로 방으로 갔다. 신문을 읽다 보니 오늘의 운세가 눈에 띄었다. 그날의 내 운세로 눈길이 갔다.

"믿는 도끼에 발등 찍힐 수도."

말하는 대로

　일주일에 하루나 이틀, 손자들을 보러 간다. 내가 손자를 보는 날이면 남편은 항상 일이 끝나는 저녁에 전화한다. 손자들이 전화를 받는다. 큰손자는 오늘 어떤 놀이를 했고 어떻게 지내는지 재잘재잘 말한다. 그리고 손자에게는 끝내는 인사말이 있다. 처음에는 한두 번 내가 하라고 시켰다. 그런데 그 이후로는 말하지 않아도 꼭 이렇게 덧붙인다.

　"할아버지 오늘도 고생 많으셨어요. 사랑해요."

　일곱 살 손자는 알지도 못하고 하는 말이겠지만 그 말을 들으면 내 가슴에 감동이 밀려온다. 아마 남편은 손자가 하는 그 말이 듣고 싶어 그렇게 열심히 전화하는 건지도 모른다. 큰 손자가 사랑한다고 말하면 옆에서 듣고 있던 작은 손자가 두 손을 머리 위로 올려 하트를 그린다. 전화기가 내게로 건너온다. 나는 남편에게 상황을 전달한다. 아직 두 돌도 되지 않은 작은 손자가 말을 잘 못하니까 형의 사랑한다는 말을 듣고 손으로 하트를 크게 그리고 있다고 말한다.

"큰손자도 작은 손자도 모두 할아버지 사랑한대요."

말하고 보니 무언가 심심하다.

"나도 사랑해요."

뜬금없는 내 말에 남편은 놀랐는지 대답이 없다. 이모님이 우리들의 대화를 듣고 나더니 나이 들어서 이렇게 사이좋은 부부는 처음 보았다고 한다. 내가 손자의 말에 감동했듯이 이모님도 그런가 보다. 나는 피식 웃는다. 실제는 안 그렇다고, 손자들이 사랑한다고 하니 나도 보조를 맞춰 줘야 해서 그렇게 말한 것일 뿐이라고 설명한다. 그런데 이상하게 그렇게 말을 하고 난 다음에 나는 정말 남편을 사랑하고 있는 것 같은 생각이 든다. 나이도 들었는데 현장에 나가서 일한다고 생각하니 그 고생이 안쓰러워 코끝이 찡하다.

"말의 힘이야……."

혼자 중얼거리며 눈물을 훔쳤다.

나는 지금 의정부에 살고 있는데 내가 원해서 온 곳이 아니었다.

여러 가지 이유로 혼자 계시는 시어머니께 들어와서 함께 살게 되었다. 내가 어린 시절 강원도에 살 때부터 살고 싶어 했던 서울, 그곳에서 사는 게 나는 참 좋았다. 마치 꿈을 이룬 것처럼 행복했다. 그런데 그 서울을 떠나 의정부로 왔다. 나는 서글펐다.

내가 친하게 지내던 이웃은 다 서울에 있었다. 다니는 문학 교실, 서예실, 봉사실, 이런 모임, 저런 모임……. 내가 사람들을 만나려면 서울로 가야만 했다. 교통비가 한 달에 15만 원이 넘게 들었다. 새벽같이 나올 때나 저녁에 집에 갈 때는 출퇴근하는 사람들 틈에 섞여 전철과 버스를 타야 했다. 그럴 때마다 나는 툴툴거렸다. 다른 사람들이 보면 나는 영락없이 출퇴근하는 사람이었다. 나는 언제 서울로 다시 갈거나. 가끔 슬픔에 잠기곤 했다.

손자와 놀 때 올라가는 웅봉산 근린공원이 있다. 그곳에 "고향 땅이 여기서 얼마나 되나" 글귀와 함께 커다란 둥근 돌판이 하나가 있고 동서남북 방향으로 이곳저곳의 지명이 적혀 있다. 그곳에 의정부까지 50리라고 되어 있다. 그렇다면 나는 하루에 백 리를 왔다 갔다 하는 것이다.

처음에 나를 할머니라고 부르던 큰손자가 특별한 호칭을 넣어 나를 부르기 시작했다. 할머니라고 부르면 이모님과 내가 동시에 대답을 하니 달리 부르기로 했나 보다.

"의정부 할머니!"

큰손자가 나를 부르는 이름이다. 그때부터 의정부가 나에게 새롭게 다가왔다. 말을 잘 못하는 작은 손자도 누군가 그렇게 부르면 나를 쳐다본다. 그때부터 나는 의정부가 좋아졌다.

전해 내려오는 이야기에 의하면 태상왕이 된 이성계가 함흥차사의 이야기를 끝내고 한양으로 환궁하다가 지금의 호원동인 전좌마을에 머무르게 되었고 조정의 대신들이 이곳으로 찾아와 국정을 논의했단다. 그 고사에서 대신들이 모이는 곳이란 뜻의 의정부가 되었다고 한다. 대신들이 모이는 좋은 곳이었다. 의정부는 또한 산천 경치가 수려하고 아름다운 곳이다.

손자와 즐겁게 놀고 있는데 딸에게서 전화가 왔다. 큰손자가 마지못해 전화를 받아 고모와 이런저런 이야기를 했다. 전화 막바지에 나는 손자에게 시켰다. 사랑한다고 말하라고.

"고모 사랑해"

손자는 빠른 어조로 대강 말하고 나에게 핸드폰을 넘긴 후 놀고 있던 장난감으로 달려갔다.

"성의가 없는 사랑의 말이네."

딸이 서운한 목소리로 말했다. 나는 대답했다.

"성의가 좀 없어도 일단 나온 말은 효력이 있단다. 이제 고모를 더 사랑하게 될 꺼야."

딸이 호호호 웃었다.

이정자 에세이

뜸들이다

초판 1쇄 발행 | 2021년 07월 17일
초판 2쇄 발행 | 2022년 01월 07일

지은이 | 이정자
펴낸이 | 이노나
펴낸곳 | (주)인문엠엔비

주　소 | 서울특별시 종로구 북촌로4길 19, 404호(계동, 신영빌딩)
전　화 | 010-8208-6513
등　록 | 제2020-000076호
E-mail | inmoonmnb@hanmail.net

값 12,000원

ISBN 979-11-91478-01-3